KB115104

刺客傳書

자객전서

수담·옥 新무협 판타지 소설

FANTASTIC ORIENTAL HEROES

자객전서 4

수담 · 옥 新무협 판타지 소설

초판 1쇄 찍은 날 § 2014년 5월 14일
초판 1쇄 펴낸 날 § 2014년 5월 20일

지은이 § 수담 · 옥
펴낸이 § 서경석

편집부장 § 권태완
편집책임 § 정수경

펴낸곳 § 도서출판 청어람
등록번호 § 제387-1999-000006호
등록일자 § 1999. 5. 31
어람번호 § 제2-2495호

주소 § 경기도 부천시 원미구 심곡2동 163-2 서경B/D 3F (우) 420-822
전화 § 032-656-4452팩스 § 032-656-4453
http://www.chungeoram.com
E-mail § chungeorambook@daum.net

ISBN 979-11-316-9024-6 04810
ISBN 979-11-5681-921-9 (세트)

자객전서

4

[측성대 저격 작전]

수담·옥 新무협 판타지 소설

FANTASTIC ORIENTAL HEROES

자객전서

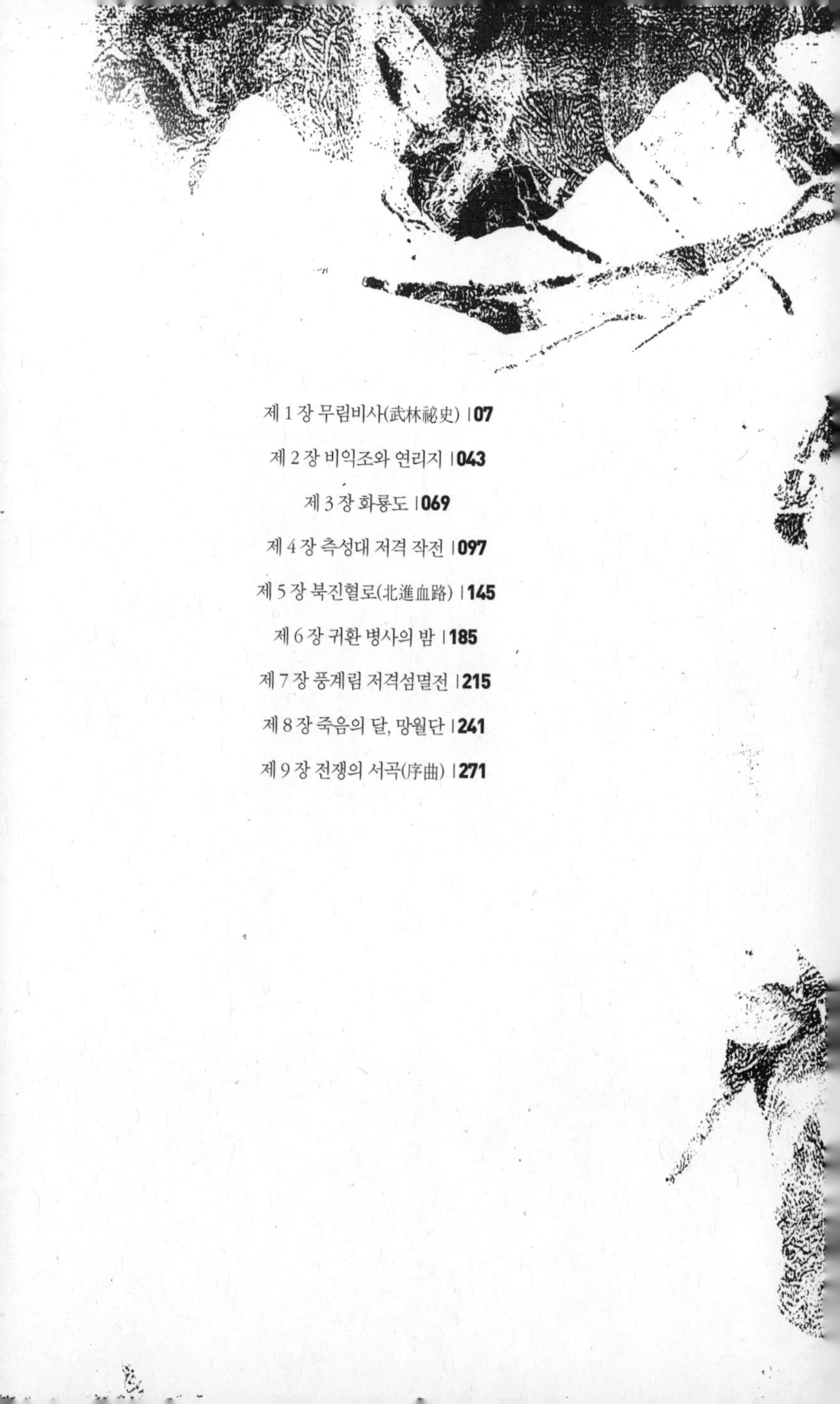

1장

무림비사(武林祕史)

추수 님.

걱정 안 하셔도 됩니다.

당신은 아비객의 유일한 후원자이자 동업자이십니다. 그런 소중한 분에게 제가 감추고 말고 할 사안이 어디에 있겠습니까.

다만 미래가 아직 결정되지 않은 점을 고려해 확실하지 않은 과거사는 되도록 전달을 자제하고자 합니다.

오늘은 일단 검신파의 승부에 대해서만 설명을 하겠습니다.

검신 화연산은 내가 부딪쳐 본 무인 중에서 가장 상대하기 어려웠던 존재입니다.

화연산은 단화진처럼 실전의 경험이 부족한 절정의 무공 소유자도 아니며, 궁마처럼 자신의 무력 수준에 도취해 사지로 스스로 뛰어드는 어리석은 무부도 아니었습니다. 검신은 암벽을 일검에 가를 정도로 검공의 수준이 높았고, 그 무공 실력만큼이나 상황 판단력과 순간 대처력도 대단했습니다. 그런 검신과 정면 대결을 펼친다면 나는 많이 잡아도 승산이 고작 이 할밖에 되지 않았습니다.

때문에, 승부에 앞서 나의 최우선적인 과제는 이 할의 승산을 최대한으로 높이는 전투 상황을 만들어내는 것에 있었습니다.

검신과 나는 화문당 안에서 패검으로 첫 격돌을 하였습니다. 결과는 나의 패배였지만 그 이후로 검신은 나를 상대함에 거리를 둔 비검의 수법을 자주 사용했습니다. 정체 모를 자객을 대적함에 근거리 대결은 위험하다고 나름 판단을 했겠지요.

그렇게 여러 번 비검술을 상대하다 보니 한 가지 확신이 들더군요. 검신의 비검이 아직 어검의 경지에 이르지 못했다는 것입니다. 그 경우 대적의 조건만 갖추어지면 능광검으로 단판 승부가 가능하다고 판단되었습니다.

중요한 것은 상대 거리였습니다. 대적 거리가 오 장 안쪽이면 검신의 검공을 격파할 수단이 내게 없었습니다. 하지만 십 장 이상으로 거리가 벌어지면 그땐 나에게도 승리할 기회가 한 번은 있었습니다.

금사도에서 검신은 내가 동귀어진을 각오하고 나서자 십 장 밖으로 물러나더군요. 그리고 그곳에서 어검에 준하는 비검을 날렸습니다. 그때 나도 전력을 다해 월광으로 정면 승부를 하였지요.

월광이 양정의 검법이라고 확신했던 화연산입니다. 화연산은 월광이 어검만큼 빠른 속도로 원거리를 날아가리라고는 상상도 하지 못했을 겁니다.

돌이켜 생각해 보면 검신과의 대결에선 운이 많이 따랐습니다.

검신이 접근전을 펼쳐 검초로 싸웠거나 또는 비검을 날릴 때 방어를 우선적으로 했다면 아마도 나는 추수 님을 다시는 전서로 만나지 못했을 것입니다.

검신과의 승부에 대해선 오늘은 일단 여기까지 설명하겠습니다.

추수 님, 화음에서 벌어진 사건이 사이비 종교의 집단 자살로 강호에 알려졌다고 하셨지요? 그렇다면 그 사건이 무림의 권력자들에 의해 감추어졌다는 뜻일 겁니다. 내가 지금 이 사건을 뒤쫓고 있으니 실체가 밝혀지면 추수 님의 의문을 상세히 풀어드리도록 하겠습니다.

이상, 추수 님의 안전을 항상 염려하는 담사연이 올립니다.

추신.

일전에 아비객의 서명을 보내달라고 하셨지요?

전서에 동봉해서 지금 보냅니다.

風蕭蕭兮易水寒 풍소소혜역수한
壯士一去兮不復還 장사일거혜부복환
시공 속의 연인을 그리워하며,
아비객 담사연.

이추수는 장안의 도박장, 일월각 앞에서 담사연의 전서를 받았다. 기분으로는 당장 답장을 보내고 싶지만 지금은 일급 작전에 돌입한 상태이기에 그녀는 전서를 일단 품속에 챙겨 넣었다. 나중에 숙소로 돌아가면 내용을 꼼꼼히 읽어보고 답장을 보낼 생각이었다.

"오 실장, 준비가 되었나요?"

"염려 마십시오. 현 시각, 중정부 특경대와 충렬검대가 일월각 일선과 이선에 각각 대기해 있습니다. 이 포교가 명을 내리시면 즉시 일월각으로 쳐들어갈 것입니다."

오정갈의 뒤편으로는 신체가 건장한 흑의인들이 도열해 있었다. 일급의 무인만 선별된다는 중정부 특경대 무인들이었다.

이추수는 작전의 시작을 알리는 눈짓을 오정갈에게 보내곤 일월각으로 돌아섰다.

일월각은 망월루의 장안 분타로서 도박장으로 위장된 무

림 청부 단체이다. 이곳에서는 무림인들의 은밀한 정보, 사적인 청부, 용병 모집 등이 불법적인 방식으로 거래된다. 무림의 구조로 보아 필요악이라고 할 수 있는데 그동안 암묵적으로 방관해 왔던 이 조직을 중정부가 이번에 공격하는 까닭은 혈지주 사건과 관련되었다고 판단했기 때문이다.

삭천량을 취조하는 과정에서 혈지주의 피해자들 신상 정보가 뜻밖으로 무림맹에서 흘러나왔다는 자백을 받게 됐다.

혈지주의 여덟 번째 희생자, 송시원의 경우를 보면 그 자백에는 신빙성이 있었다. 송시원은 무림에 전혀 알려지지 않았을 정도로 무림맹주가 철저하게 관리했던 피붙이였다. 거기에 관한 정보를 알려면 무림맹주의 측근이 아니고서는 도무지 불가능했다.

문제는 혈지주의 조력자들이 점조직으로 활동하는 탓에 삭천량도 그 사안에 대해서는 더는 모른다는 점이었다. 삭천량은 주여홍 사건에서만 혈지주와 관련되었을 뿐, 혈지주가 어디에 있는지도 모를 정도로 이 사건에서 하부 곁다리에 불과했다.

그래서 삭천량의 윗선을 잇는 정보 전달자를 집중적으로 취조한 끝에, 삭천량이 주요홍의 위치를 일월각을 통해서 무림맹 안으로 넘겨주었다는 것을 알아냈다.

조사한 바로는 일월각이 혈지주 사건과 직접적으로 관련

되지는 않았다. 하지만 최소한 혈지주를 돕는 무림맹의 조력자와 접선이 있었다는 것은 의문의 여지가 없었다. 중정부는 그 접선책을 밝혀내고자 오늘 이렇게 강제적 진압에 나선 것이다.

이추수가 일월각 입구 앞으로 걸어갔다.

도박장의 모습이 흔히 그렇듯 입구 양쪽에는 험한 인상의 장한들이 일월각의 출입을 통제하고 있었다.

장한들이 그녀의 걸음을 제지했다.

"소저, 잠시 대기하십시오. 출입증이나 초청장을 보여주십시오."

그녀가 장한들을 힐끗 쳐다봤다

"도박장에 무슨 초청장이 필요해? 장사하기 싫어?"

초면에 대뜸 반말이다. 장한들이 인상을 찌푸려 그녀를 노려봤다.

"일월각은 외인이 함부로 들어갈 수 없습니다. 초청장이 없다면 신분을 증명하시고 방문 목적을 설명하십시오."

"채염을 만나러 왔어."

채염은 일월각의 각주이다. 그녀의 입에서 수장의 이름이 거론되자 장한들이 본능적으로 멈칫했다.

"각주님과 선약이 되어 있습니까? 저희는 그런 말을 듣지 못했는데……."

"너구리돼지 하나 잡는 일에 무슨 약속이 필요해? 좋은 말로 할 때 어서 비켜. 나 바쁜 사람이야."

"으음."

'너구리돼지' 라는 말. 호리신돈이라는 일월각주의 명호를 비하한 말이다.

장한들이 본색을 드러냈다.

"어린년이 입에 걸레를 물고 있구나. 함부로 혀를 놀리다가는 세상 무서운 것을 알게 될 것이다."

"흥!"

장한의 말에 이추수는 코웃음 치며 바로 행동에 나섰다.

퍽!

이추수의 발이 방금 전에 입을 멋대로 놀린 장한의 복부에 꽂혔다. 그녀의 발길질이 워낙에 빠르고 강력해 장한은 아무것도 못 해보고 바닥에 꼬꾸라졌다.

"응?"

이 모습을 본 반대편의 장한이 반사적으로 몸을 움찔했다. 그 순간 그녀는 몸을 벼락같이 돌리며 손날로 장한의 목을 쳤다. 장한이 쓰러지자 그녀는 오정갈에게 수신호를 보냈다. 오정갈을 선두로 중정부 특경대 무인들이 일월각 안으로 와르르 쳐들어갔다.

쿠앙! 우즈즉!

"꺄악!"

"뭐, 뭐야!"

특경대 무인들의 난입에 일월각은 한순간에 난장판으로 변했다. 도박장 직원들은 이유도 모른 채 두들겨 맞았고, 도박을 하던 손님들은 지레 놀라 도박장 곳곳으로 몸을 숨겼다.

최종 정리는 이추수의 몫이다. 그녀는 마작판이 벌어지던 탁자로 훌쩍 뛰어올랐다.

"모두 동작 정지!"

그녀의 날카로운 음성에 도박장의 모든 시선이 그녀에게 맞추어졌다.

"지금부터 이곳 일월각은 중정부 특경대에 의해 관리된다. 명심하라. 무림맹의 동의 없이 일월각을 달아나는 사람은 맹주님의 명으로 신분 고하를 막론하고 즉결 처리한다!"

지역의 유지와 무림맹의 상급 간부들이 도박장 안에 있었다. 그들의 반발을 사전에 막고자 그녀는 무림맹주의 명을 명시했는데 도박장 안의 모든 사람이 그녀의 눈치를 볼 정도로 효과는 확실했다.

그러는 과정에서 사십 대의 뚱뚱한 사내가 일월각의 내실에서 걸어 나왔다.

머리는 너구리, 신체는 돼지, 일월각주 채염이다.

채염이 불만적인 얼굴로 말했다.

“이게 대체 무슨 짓입니까? 우리 일월각은 무림맹의 승인을 받고 운영하는 사행업소입니다. 일월각은 오늘의 일을 무림맹에 정식으로 항의할 것입니다.”

보통의 경우라면 채염의 주장이 먹혀든다. 일월각의 윗선 단체 망월루는 무림 최대의 청부 단체로서 무림맹의 핵심 인물들과 금전적으로 깊은 관계를 맺고 있다. 아무리 중정부의 수사라지만 이렇게 다짜고짜 강제적인 진압을 해서는 안 된다.

그녀가 채염을 주시하며 말했다.

“각주는 상황 파악을 분명히 하세요. 일월각은 지금 혈지주 사건과 연관되어 있습니다. 혈지주 사건은 무림의 안위를 위협하는 일급 사안. 중정부의 명에 불복하면 그땐 일월각은 물론이요, 망월루의 조직까지 통째로 와해될 수가 있습니다.”

“…….”

채염은 잠시 침묵하곤 기세가 꺾인 어조로 말했다.

“자리를 따로 만들겠습니다. 독대를 요청합니다.”

일월각 채염 집무실.

이추수는 채염과 탁자를 사이에 두고 마주 앉았다. 오정갈도 그녀의 뒤편에 위치했다.

채염이 먼저 말했다.

"과연 그 명성 그대로 즙포여화이십니다. 제가 이제껏 본 강호의 어떤 여협보다도 미모와 무공, 담력이 출중하십니다."

채염은 다분히 아부적인 어조로 그녀의 신상에 대해 입을 열었다. 오늘의 사태를 먼저 거론하지 않는다는 것은 곧, 중정부가 일월각을 공격한 이유를 짐작하고 있다는 뜻이 된다.

"즙포여화?"

"명색이 정보 장사꾼들인데 우리가 어찌 대포청 제일의 여협으로 불리시는 즙포왕의 수제자를 모를 수 있겠습니까."

채염의 아부 어린 말이 계속되자 그녀는 그만 실소를 머금었다. 즙포여화. 그녀로선 처음 듣는 명호이긴 한데 듣고 보니 기분이 나쁘지 않다. 어쩌면 이다음에 그녀 자신이 써먹을 수도 있겠다.

"중정부가 일월각에 쳐들어온 이유를 알고 있습니다. 망월루에서는 안 그래도 그것 때문에 대책회의를 하고 있었습니다."

분위기가 한결 좋아지자 채염이 비로소 사안에 대해 입을 열었다. 노련한 정보 장사꾼의 모습이 드러난다고 할 수 있다.

"결론부터 말하자면, 무림맹은 지금 우리 일월각을 오해하고 있습니다. 우리는 혈지주 피해자의 신상 정보를 모종의 거래자에게 전달을 해주었을 뿐, 혈지주 사건과는 무관합니다. 전달할 당시에는 그들이 혈지주의 피해자가 되리라곤 상상도 못했습니다."

채염의 주장은 이추수도 사전에 인지해 두었다. 일월각이 혈지주의 직접적인 협조자라고 판단했다면 이런 독대 자리를 굳이 만들지도 않았다. 강제적인 검거가 아닌 은밀한 교섭을 하는 것은 일월각을 통해 무림맹의 조력자가 누구인지 알아보기 위해서이다.

"당신의 주장은 설득력이 없습니다. 피해자의 신상 정보가 일월각을 통해 혈지주에게 건너갔습니다. 무죄를 주장하고 싶으면 물증을 바탕으로 더 확실한 변론을 하셔야 할 겁니다."

이추수는 일단 강하게 추궁했다. 원하는 것을 얻고자 한다면 채염을 구석으로 더 몰아붙여야 한다.

그녀의 이런 뜻을 채염이 눈치챈 듯 자세를 바로잡고 물었다.

"피차 내막을 다 알고 있는데 시간을 줄이도록 하시지요. 우리에게 원하는 것이 뭡니까?"

그녀는 채염을 잠깐 진하게 응시하곤 입을 열었다.

"피해자들의 신상 정보를 일월각에 넘긴 무림맹의 인물."

"……."

"답하세요. 그자가 누구인지 말하지 않는다면 당신과 일월각은 혈지주 사건의 공범으로 취급될 겁니다."

그녀의 요구에 채염은 고개를 저으며 침묵을 깼다.

"죄송하지만 그건 안 될 일입니다. 거래 정보자의 신변은 어떤 경우에서도 보호하는 것이 이 업계의 철칙입니다. 그 점에 대해 일월각의 죄를 묻는다면 지금 저를 체포하십시오."

채염이 체포를 스스로 주장하자 이추수가 도리어 난감한 입장에 처했다. 그녀로서는 채염이 죄를 부인해야 추궁을 하든 교섭을 하든 무언가를 할 수 있었다.

체포해야 되나 말아야 되나, 그녀는 이런 의견의 눈길로 오정갈을 돌아봤다.

그런데 이 시점에서 오정갈이 그녀와 사전에 협의되지 않은 거래를 제안했다.

"업계의 신의를 지키고자 하는 각주의 입장을 이해합니다. 하면 중정부, 아니, 무림맹과 정식으로 거래합시다."

"거래?"

"망월루는 그간 무림맹이 보관하고 있는 아비삼보를 취득하고자 막후교섭을 벌여왔습니다. 그 아비삼보를 넘겨줄 테니 일월각에서는 혈지주 사건에 관련된 정보를 넘겨주십시오."

"아비삼보? 그게 정말입니까?"

채염이 눈빛을 번뜩였다. 체포를 각오하던 이전의 모습과는 완전히 달랐다.

"믿으셔도 됩니다. 이 건에 대해서 이미 맹주님의 승인을 받았습니다."

채염이 자리에서 일어났다.

"흐음. 잠시만 기다리십시오. 저 혼자 결정을 내리기에는 사안이 너무 중요합니다. 상부와 협의 후에 돌아오겠습니다."

둘만 남게 되자 이추수는 오정갈을 흘겨봤다. 그녀도 모르게 진행된 거래 방침이다. 작전을 같이 진행한 처지에서 섭섭한 기분이 안 생길 수가 없다.

"이 포교, 사전에 설명해 주지 않아서 미안합니다. 실은 저 역시도 오늘 아침에야 맹주님께서 전하신 지시를 건네받았습니다. 이 포교는 아비삼보와 망월루의 관계에 대해 잘 모른다고 판단했기에 작전을 앞두고 굳이 말하지 않았습니다."

오정갈의 말에는 일리가 있었다. 그녀는 아비삼보와 망월루의 얽힌 사연에 대해 전혀 아는 바가 없었다. 아비삼보가 무엇을 말하는 것인지도 몰랐다.

그녀가 물었다.

"아비삼보가 뭐죠?"

"자객의 전설로 불리는 아비객의 무기입니다. 아비객은 무림에서 활동할 당시 아비칠보, 일곱 가지 무기를 주로 사용했는데 그중 아비삼보는 회선 암기 혈선표를 가리키는 것입니다."

그녀는 깜짝 놀랐다.

"네? 아비객이라고요?"

"네, 망월루는 그 아비객의 자객사를 추종하는 청부단체입니다. 그들의 주장에 따르면 아비객은 무림의 정의를 바로 세우고자 자객의 길에 나선 의로운 협객입니다. 그래서 그들은 아비객의 감춰진 업적을 새로이 조명하고자 단체 결성 이후 아비객에 관한 모든 것을 수집해 오고 있습니다."

"후우."

이추수는 들뜬 가슴을 긴 호흡으로 달랬다.

갑자기 대두된 담사연의 전적.

혈지주 사건에서 간접적으로 영향을 끼친 별건에 불과하지만 그녀 입장에서 이는 가볍게 넘길 수 있는 사안이 아니었다.

그녀가 생각에 잠겨 있는 사이에 채염이 집무실로 돌아왔다. 손에는 붉은 봉투를 들고 있었다.

"거래를 하겠습니다. 단, 아비삼보를 일월각에 넘겨준다는 공증서가 필요합니다. 준비됩니까?"

"물론입니다."

오정갈이 문서 한 장을 꺼내 탁자 위에 올렸다. 문서에는 아비삼보를 넘긴다는 내용과 함께 무림맹주의 직인이 찍혀 있었다.

"확인을 해봐도 되겠지요?"

채염이 문서를 살펴보며 물었다. 오정갈이 수락하자, 채염은 일월각의 문서 검사원을 집무실로 불러들여 맹주의 직인을 확인해 보라고 명했다.

검사원들이 맹주의 문서를 확인하는 동안 채염이 용정차를 잔에 따라 이추수와 오정갈에게 건넸다.

"잘 알고 계시겠지만 일월각의 창설 이래 오늘 같은 거래는 한 번도 없었습니다. 외부에 알려지지 않도록 각별히 신경을 기울여 주십시오."

"염려 마십시오. 무림맹도 망월루와 거래를 했다는 말이 강호에 떠도는 것을 원치 않습니다."

서로가 원하는 것을 거래하는 터라 대화의 분위기는 이전보다 한결 여유롭고 편했다. 예외가 있다면 멍한 얼굴로 다른 생각에 잠겨 있는 이추수의 모습이었다.

채염이 그녀를 넌지시 쳐다보며 말했다.

"즙포여화께서는 이 거래가 탐탁지 않으신가요? 안색이 편치 않아 보입니다."

"아닙니다. 잠시 다른 생각을 하고 있었습니다. 나 역시 이 거래에 불만이 없습니다."

그녀는 담사연에 관한 생각을 접고 미소를 애써 지어 보였다.

"참, 망월루는 아비객의 업적을 추종하는 단체라고 들었는데 실례가 안 된다면 그 연유를 물어봐도 될까요?"

"그건 망월루의 기밀 사안입니다. 외부로 누설할 수 없는 저의 입장을 이해해 주시기 바랍니다."

사연이 궁금하지만 강제로 입을 열게 할 수는 없는 노릇이다.

그녀는 대신 다른 질문을 던졌다.

"아비객과 관련된 것을 수집한다고 들었는데 혹시 이런 것도 받나요?"

물음 다음으로 그녀는 품속에서 오늘 받은 서명 전서를 꺼내 탁자에 내려놓았다.

風蕭蕭兮易水寒 壯士一去兮不復還

시공 속의 연인을 그리워하며,

아비객 담사연.

"풍소소혜역수한, 장사일거혜불부환… 이건 자객 형가가 진시황을 암살하려고 떠날 때 읊었다는 역수가 아닙니까? 갑자기 이건 왜?"

채염은 전서를 보고도 이추수의 의도를 알지 못했다. 동석한 오정갈도 마찬가지였다.

이추수는 전서의 끝부분, 서명을 가리켰다.

"거기 적힌 서명을 한번 봐주세요."

"응?"

채염이 뒤늦게 아비객의 이름이 적힌 서명을 주시했다.

그녀의 설명이 뒤따랐다.

"아비객의 친필 서명입니다. 망월루는 아비객에 대해 잘 알고 있다고 하니, 필체를 확인해 보시기 바랍니다."

"흐음."

채염이 전서를 손에 들고 눈앞에서 한참을 진지하게 살펴봤다. 그리곤 맹주의 직인을 확인하던 검사원을 불러 전서를 넘겼다. 잠시 후, 검사원이 상당히 고조된 얼굴로 채염에게 다가와 무언가를 귓속말로 전했다.

검사원을 제자리로 돌려보낸 후, 채염이 물었다.

"이거 어디서 난 것입니까?"

"왜요? 문제 있나요?"

"진품 맞습니다. 틀림없는 아비객의 필체이며 서명입니다. 출처가 어떻게 됩니까?"

"내게도 사연이 있습니다. 출처는 말해줄 수 없습니다."

이추수는 서명 전서를 품속으로 다시 돌려 넣었다.

채염이 그 모습을 몹시 아쉽게 쳐다봤다.

"아비객의 본 이름이 적힌 글은 이제껏 강호에서 발견된 적이 한 번도 없습니다. 강호인들의 대다수가 아비객의 이름을 모르고 있는 것도 그 때문인데 그런 점에서 서신은 아비객의 업적을 기리는 망월루에 아주 귀중한 자료가 됩니다."

채염의 어조는 진지했다. 분위기로만 보면 아비삼보의 거래가 후순위로 밀려나 버린 것 같은 모습이었다.

"실례되지 않는다면 즙포여화께선 그 서신을 저희와 거래할 생각이 없으십니까? 오천 냥 이상의 고액이라도 저희로선 얼마든지 지급할 수 있습니다."

서신 한 장에 오천 냥.

월봉 삼백 냥에 불과한 포교로서 깜짝 놀랄 거금이지만 그녀는 미련 없이 고개를 저었다.

"나에겐 각별한 의미가 있는 서신입니다. 돈으로 사고팔 수는 없습니다. 그리고 지금은 그런 것을 논할 상황도 아니라고 판단됩니다."

그녀의 말뜻을 채염이 알아차렸다.

"그렇군요. 하면 나중에 우리가 따로 자리를 만들겠습니다. 이 포교께서는 그때 꼭 참석해 주시기 바랍니다."

서명 전서에 관한 이야기가 마무리됐다. 맹주의 직인을 검증하는 일도 조금 전에 끝났다. 채염은 거래를 시작할 때 들고 왔던 붉은 봉투를 이추수에게 내밀었다.

"거기 보시면 원하는 답이 적혀 있을 겁니다. 일월각을 나간 다음에 열어보시기 바랍니다."

"알겠습니다. 하면 우리는 그만 일어나겠습니다."

이추수와 오정갈이 자리에서 일어나 포권을 건넸다. 두 사람은 이후 집무실을 나와 중정부 특경대를 철수시키고 일월각을 빠져나왔다.

무림맹으로 걸어가는 중에 이추수는 채염에게서 건네받은 봉투를 열어봤다.

봉투 안에는 열 명의 여자 이름이 적힌 서류 한 장이 들어 있었다.

이것은 누군가가 일월각에 넘긴 원본 청부 문서.

그중 아홉 명은 혈지주 사건의 희생자들 이름과 동일한데 문서 끝부분에 채염이 별도의 글을 남겨 청부자가 누구인지 알려주고 있다.

채염의 글을 본 이추수는 몹시 곤혹한 얼굴로 오정갈에게 원본 문서를 건넸다.

천밀원(天謐院).

채염이 남긴 글은 세 글자뿐이지만 그 의미는 실로 깊었다.

천밀원은 무림맹주의 부인 주서희의 처소. 즉, 무림맹주의 부인이 혈지주 사건에 연관되었다는 뜻이다.

문서를 본 오정갈도 이추수처럼 곤혹한 반응을 나타냈다.

"우리 선에서 수사를 결정할 문제가 아닙니다. 일단 상부에 보고부터 해야겠습니다."

이추수는 고개를 저었다.

"아무도 믿을 수 없는데 누구에게 보고한다는 거죠?"

그녀의 반문에 오정갈은 대답을 못했다.

화음지변을 조사할 때는 맹주가 문제되더니 이번엔 또 맹주의 부인이 문제되고 있다.

실체에 다가갈수록 점점 더 꼬여가는 혈지주 사건이다.

*　　*　　*

중정부로 돌아온 이추수는 일월각 작전 보고서를 오랜 시간 동안 작성했다. 보고서 한 장 쓰기가 이렇게 어려웠던 까닭은 천밀원의 개입에 대해 바른 판단을 하지 못했기 때문이다.

천밀원은 무림맹에서 치외법권과도 같은 곳이었다. 실제

로 천밀원주 주서희는 무공을 모르는 여인임에도 불구하고 무림맹 안에서 누구도 건드릴 수 없을 만큼 자체적인 지지 세력을 두고 있었다.

그런 천밀원을 혈지주 사건의 희생자 정보 유출 단체로 보고하려면 심증이 아닌 물증을 들고 있어야 가능했다. 어설프게 나서면 맹주의 부인을 모함했다며 오히려 역공을 당할 수 있었다.

그렇다고 물증을 잡고자 천밀원을 수사하기에도 여의치 않았다. 당장 오정갈의 반응만 해도 그랬다. 그녀가 은밀한 내사를 부탁하자 오정갈은 무림맹주의 직접적인 지시가 아니고선 그럴 수 없다며 단호히 거부했다.

이런 상황에서 그녀가 의지할 대상은 즙포왕이 유일한데 아쉽게도 현재 즙포왕은 무림맹을 멀리 떠나 있는 상태였다.

북방으로 순시를 나간 무림맹주는 무슨 일인지 열흘이 지나도록 무림맹으로 복귀하지 않았다. 그래서 즙포왕은 화음지변에 관한 사안을 서신으로 보냈고 이틀 전, 맹주의 답장을 받은 즙포왕은 그 사건의 중요한 참고인을 만나러 간다는 말을 그녀에게 남기곤 비밀리에 무림맹을 나가 버렸다.

맹주도 없고 즙포왕도 자리를 비운 지금, 혈지주 사건의 책임자는 그녀였다. 천밀원의 개입을 확인한 이상, 그녀로선 이른 시간 안에 조치를 해야 한다. 시간이 지나면 일월각 작전을 천밀원이 알게 될 것이고, 그곳에서 벌어진 거래에 대해 의심을 품을 것이다. 그 경우 천밀원이 혈지주와 관계되었다면 그땐 대대적인 증거 인멸에 나설 것이다.

수사 책임자로서 이대로 손 놓고 있을 수는 없다. 조사는 아니지만 일단 천밀원의 분위기 정도는 파악해 봐야 한다.

이추수는 그렇게 생각을 정하곤 천밀원으로 향했다.

천밀원은 맹주의 처소에서 한참 떨어진 무림맹의 북쪽 외곽에 있다. 맹주의 처소와 거리가 멀다는 것은 두 사람의 사이가 그다지 좋지 않았다는 것으로 이해된다. 물론 혈지주 사건과 별건의 내용이기에 거기에 대해 알아볼 생각은 없다.

천밀원 앞에 도착했다.

삼 층 전각을 중심으로 사방 이십 장에 걸쳐 정원이 형성된 구조. 멀리서 보면 숲 속의 궁전 같은 모습이다.

천밀원엔 정문이나 후문 같은 것이 없었다. 외부 지역과 천밀원을 분리하는 담장도 없었다. 천밀원 전각 앞에 만들어진 인공 연못이 그나마 외부와 경계를 짓는 담장 역할을 하고 있었다.

연못 중앙으로 돌다리가 놓여 있다. 이추수는 그곳을 통해 천밀원 안으로 들어갔다. 연못을 지나 나무와 꽃이 울창한 정원 안으로 들어섰을 때 그녀는 뒷덜미가 서늘해지는 느낌을 받았다.

'위험해. 함부로 드나들 곳이 아냐.'

외관상으로는 경비가 없는 정원이지만 그게 전부가 아니었다. 정원의 곳곳에서 칼날 같은 예기가 감지되고 있었다.

'감시만 하고 저지는 없다? 내가 누구인지 알고 있다는 건가?'

천밀원의 허락을 구하지 않은 갑작스런 방문이다. 경비무사가 정원 안에 숨어 있다면 당연히 저지를 하고 방문의 목적을 물어봐야 하건만 천밀원의 전각에 다다를 때까지 그냥 감시만 하고 있었다.

그녀는 내심 최악의 가정까지 해두었다.

천밀원이 그녀의 방문 이유까지 이미 알고 있다는 거다. 그 경우 일월각은 물론이요, 중정부에도 자기 사람을 심어두었다는 뜻이 된다.

본전 건물에 다다랐을 때다.

다섯 명의 백의 여인이 건물 뒤편에서 뛰쳐나왔다.

그녀들은 어떤 물음도 없이 곧장 검을 빼 들고 이추수에게 달려들었다.

"흥!"

이추수는 냉소를 흘려냈다. 의도를 모르지 않는다. 이건 생사 대적이 아니라 그녀의 무력 수준을 알아보기 위한 공격이다.

슉슉슉슉슉!

다섯 개의 검이 이추수의 상하좌우에서 번뜩였다. 여자들이 날린 검이라고 가볍게 여길 단계가 아니다. 검초는 날카롭고 검력은 일급의 내공 수준에 다다라 있다.

"원한다면!"

이추수는 걸어가는 동작 중에 허리를 비틀었다. 허리에 감긴 귀검대가 풀려 나오며 장검의 모습으로 변형되었고, 이어서는 이추수의 몸을 한 바퀴 돌며 다섯 개의 검을 차례로 튕겨냈다.

귀검대로 발휘한 벽사검법 일식 벽회절의 수법이다.

"……."

일검 격돌 후에 다섯 여인이 이추수를 중앙에 두고 좌우로 갈라졌다. 누군가의 명을 기다리고 있는 듯 그녀들은 검을 겨누기만 할 뿐 즉각적인 재공격을 하지 않았다.

잠시 후 사십 대의 미부가 전각 안에서 걸어 나왔다.

"그 정도면 되었다. 표향오검은 물러나라."

중년 미부의 말에 다섯 여인이 병기를 거두고 전각 뒤로 물러섰다.

미부는 이어 이추수를 쳐다보며 잔잔히 말했다.

"이 포교는 불쾌해하지 마세요. 즙포왕의 벽사곤법을 여제자가 벽사검으로 바꾸어 사용한다기에 잠시 확인을 해본 것입니다.”

이추수는 귀검대를 허리에 되돌려 감고 포권했다.

“악양지부의 순찰포교 이추수, 맹주님의 부인이신 천밀원주님을 뵈옵니다.”

포권을 건네는 과정에서 이추수는 미부를 진하게 응시했다.

첫 대면의 느낌.

이추수에게 날 선 위험으로 다가온다.

‘고수! 정보가 틀렸어. 무공을 모르는 여인이 아냐!’

* * *

천밀원 내실.

천밀원주 주서희는 송시원의 친모가 아니다. 송시원의 친모는 오 년 전에 삶을 마친 송태원의 조강지처 천사원주 임지향이다. 알려지기로 송태원은 무림 인생의 대부분을 집이 아닌 외지에서 생활했고 임지향은 그런 남편의 삶을 헌신적으로 뒷바라지하다가 몹쓸 병을 얻었다고 한다.

주서희는 송태원의 둘째 부인이다. 칠년전쟁 초기에 부부의 연을 맺었다고 하는데 임지향이 삶을 마친 후에야 주서희는 무림맹주의 부인으로서 대우를 받았다. 대우를 받았다는 건 송태원이 공적인 자리에서 주서희를 부인으로 인정한 사례가 한 번도 없었기 때문이다. 혹자는 송태원과 주서희는 애초부터 부부 사이가 아니었다고도 한다.

맹주 부부에 대해서 이추수가 알고 있는 사안은 거기까지다. 백지 상태나 다름없는데 위험을 느낀 첫인상에 이어 둘만의 대담 자리에서 느낀 것은 내면을 도무지 알아볼 수 없을 정도로 주서희의 심기가 깊다는 거다.

인사 과정을 끝낸 후 이어진 대화의 자리에서도 주서희는 그런 성향을 드러냈다.

"무림십대고수 중에서 무력의 성취 과정이 의심스러운 사람이 두 명 있습니다. 이 포교는 그들이 누구인지 아세요?"

느닷없는 질문이자 이해되지 않는 논제였다. 채염이 알려준 정보는 이 물음과 전혀 연결되지 않았다. 의도를 알 수 없기에 이추수로서는 주서희의 이어지는 말을 그냥 듣고 있을 수밖에 없었다.

"첫 번째 인물은 무림맹주인 창룡검주 송태원입니다. 칠년전쟁 이전의 시기에선 맹주는 거의 이름이 없던 무인이었지요. 무당파 출신이라고 하지만 본산에서 도명도 하사받지 못한 속가 제자였고, 가문의 배경도 변변치 않아 호북에서 작은 도관을 맡아 생활한 것이 그 시절 무림 인생의 전부였지요."

위낙에 유명하기에 송태원의 무림 일대기는 이추수도 잘

알고 있었다. 주서희의 이야기에서 이추수가 주목한 것은 내용이 아닌 무림맹주를 가리키는 호칭이었다. 아무리 좋게 봐주어도 남편으로서 존대해 부르는 호칭이 아니었다.

"그런데 칠년전쟁의 후반기에 맹주는 일급 무인들을 가볍게 격파하는 초절정고수가 되어 강호에 재출도했지요. 맹주의 나이는 그때 마흔다섯 살이었습니다. 이류 무인들은 마흔이 넘어가는 나이가 되면 초식과 내기가 정형화되어 버리기에 기연을 얻더라도 절정의 고수가 되지 못한다는 무림의 논리를 깨는 일이었지요. 기연으로 얻은 무공이 그만큼 특이했다는 건데 이 포교는 그때 맹주를 절정 고수로 만든 무공이 무엇인 줄 아세요?"

설명 끝에 주서희가 물었다. 이추수는 답을 알지만 대답하지 않았다. 그녀가 알고 싶은 건 주서희가 왜 이런 말을 하느냐는 것이었다.

이추수의 무응답에 주서희는 피식 웃었다.

"맹주에 관한 건 너무 유명한 이야기라서 재미가 없나요? 하긴 그걸 모른다면 이 시대를 살아가는 무림인이 아니겠지요. 하면 논제를 바꾸죠. 무림십대고수 중에서 맹주 다음으로 무공의 성취 과정이 의심스러운 인물이 누구인지 아세요? 이번엔 알든 모르든 답을 하세요."

이추수는 주서희의 강요에 대답 대신 고개를 저었다. 무림십대고수 중에서 맹주와 비슷한 입지전적인 인물이 선뜻 떠오르지 않았다.

"모를 줄 알았어요. 원래 등잔 밑이 어두운 법이니까요."

주서희는 묘한 미소를 머금으며 말을 이었다.

"그 사람은 바로 이 포교의 스승이신 즙포왕 구중섭입니다."

"네? 즙포왕이라고요?"

이추수는 침묵을 깨고 반문했다. 주서희의 이번 말은 그만큼 이추수의 관심을 끌었다.

"즙포왕도 칠년전쟁 이전의 시기에선 평범한 수사관에 불과했는데 맹주의 경우처럼 어느 날 문득 초절정고수가 되어 강호에 재출도했죠. 이 포교는 즙포왕을 절정의 고수로 만들어준 무공, 벽사곤법이 누구의 무공이라고 생각하세요?"

"즙포왕께서 창안한 무공이라고 알고 있습니다."

"틀렸어요. 그건 정답이 아니에요. 즙포왕이 벽사곤법을 창안한 것은 맞지만 그것의 원류가 되는 무공이 따로 있었지요. 따지자면 벽사곤법은 원류가 되는 무공보다 수준이 한참 떨어지는 무공이죠."

"혹시 원류라는 것이 벽사검법을 말씀하시는 건가요?"

이추수가 이채를 담은 눈으로 말했다. 주서희가 무엇을 말하고자 하는지 이제 감이 잡히고 있었다.

"맞아요. 벽사검법이에요. 벽사검법은 이백 년 전, 무림의 절반을 장악했던 백사단주 사예극의 무공인데 사기(邪氣)가 너무 강해 성취가 높을수록 수련자의 육체를 썩게 만들죠. 전하는 말에 의하면 사예극은 나병환자처럼 전신을 붕대로 감고 생활했다고 해요. 즙포왕은 그래서 사기의 원인이 되는 벽사진결을 수련하지 않고 초식만 익혔고, 그 초식을 바탕으로 벽사곤법을 창안해 냈죠. 불완전한 무공으로 무림십대고수에 올랐으니 벽사검법의 강함은 굳이 설명하지 않아도 되겠죠. 내가 의문스러운 것은 즙포왕의 제자가 벽사곤법이 아닌 벽사검법을 발휘했다는 거예요. 이 점에 대해서 이 포교는 내게 설명할 게 없나요?"

전각 앞에서 그녀의 무공을 시험해 보았던 것은 바로 이 물음을 하기 위해서이다. 맹주를 거론하며 서론이 길었던 것 또한 이것과 연유되어 있다.

"죄송하지만 저는 거기에 대해서 아는 바가 없습니다. 즙포왕의 가르침을 받아 벽사검법을 수련했을 뿐입니다. 벽사검법에 사기가 있다는 것도 오늘 처음으로 듣습니다."

이추수는 사실 그대로 말했다. 이런 이추수를 주서희가 진하게 쳐다봤다. 뇌리를 뚫어버릴 것 같은 눈빛이다. 이추수가 거짓말을 했다면 바로 들통 났을 것이다.

주서희가 눈빛을 거두며 말했다.

"이상하군요. 이 포교는 왜 벽사의 사기에 영향을 받지 않죠? 혹시 사기를 억제하는 불가의 비전 신공을 따로 수련했나요?"

"불경은 머리가 아파 쳐다보지도 않습니다. 도가의 경전도 마찬가지입니다."

"흐음……."

대화가 중단됐다. 주서희는 눈을 돌려 무언가를 깊이 생각했고, 이추수는 그런 주서희를 보며 면담의 주도권을 잡아야 할 때가 왔다고 생각했다. 오늘의 면담은 혈지주 사건이 주제가 되어야 했다. 조금 전처럼 사안 외의 이야기로 시간을 헛되이 소비해선 안 되었다.

주서희가 생각을 끝내고 이추수와 다시 눈을 맞추었다.

그런데 이추수보다 주서희가 먼저 혈지주 사건에 관한 말을 꺼냈다.

"이 포교가 천밀원에 온 이유를 알고 있습니다. 결론부터 말하자면 여인들의 이름은 천밀원에서 건네준 것이 맞습니다."

대화의 주도권은 여전히 주서희에게 있었다. 주서희 스스로 피해자의 정보를 건네주었다고 말을 하니 이추수로서는 이번에도 이어지는 말을 듣고 있을 수밖에 없었다.

"하나, 그렇다고 하여 혈지주 사건을 나와 연관시킬 수는 없습니다. 내가 일월각에 그 여성들을 찾아보라고 청부한 것은 나름의 이유가 있기 때문입니다."

"그게 뭐지요?"

이추수의 반문에 주서희는 짧게 한숨을 쉬고는 물음으로 말을 이었다.

"이 포교는 아직 혼인하지 않은 걸로 알고 있는데 혹시 마음에 둔 남자가 현재 있나요?"

"글쎄요. 뭐라고 대답해야 할지……."

"답하기 곤란하면 말하지 않아도 돼요. 내가 하고 싶은 말은, 남자에게 버림받은 여인만큼 가련한 인생도 없다는 것입니다. 무림인이라고 해서 그것은 별다르지 않습니다."

이추수는 주서희의 말뜻을 생각해 봤다. 주서희가 맹주를 이 사안에 끌어들이고 있다고 여겨졌다.

"맹주님과 나 사이에 문제가 있다는 것은 이 포교도 알고 있지요?"

"네."

"그렇게 된 원인은 대부인이 돌아가시고 난 후로 맹주님의 바깥 생활이 아주 미심쩍었기 때문입니다."

'바깥 생활이 의심스럽다'란 말은 순화된 용어이다. 일반인의 말로 하면 바람을 피운다고 했을 것이다.

"맹주님은 그간 주기적으로 비밀리에 맹을 나가서 외지에서 잠을 자고 왔습니다. 맹주님의 바깥 생활에 투기할 생각은 없지만, 그래도 명색이 무림맹주의 부인인데 경위는 알아봐야 하지 않았겠습니까?"

이추수는 주서희의 말에 동의했다. 보통의 가정이라면 두 집 살림을 의심해 대판 싸움을 벌였을 것이다.

"그래서 맹주님의 외부 행적에 대해 은밀히 조사를 해보았는데 그 과정에서 여성들의 이름이 적힌 문서가 맹주님의 집무실에서 나왔어요. 이름과 나이만 적혀 있었기에 내 능력으로는 알아볼 길이 없어 그것을 일월각에 넘겨주었던 것입니다."

주서희의 말을 들어보면 일월각에 여인들의 신상을 넘긴 행위에 타당성이 있었다. 다만 이것은 주서희의 주장이었다. 주서희의 말이 진실이라고 여길 증거는 아직 아무것도 없었다.

"시원이가 죽고 난 다음에서야 맹주님에게 숨겨진 딸이 있었다는 것을 알게 되었지요. 그리고 또한 왜 그렇게 바깥 생활을 했는지 이유도 알게 되었지요. 오해에서 비롯된 일이지만 나로선 참 섭섭한 일이에요. 딸이 있다고 말한들 대체 내가 무엇을 어찌하겠어요."

이추수는 맹주 내외의 개인사를 버리고 사안에 집중했다.

"원주님의 말씀은 그 신상 정보가 천밀원과 일월각의 전달 과정에서 혈지주에게 넘어갔다는 뜻인가요?"

"정보 유출자의 소속이 무림맹인지 일월각인지는 알지 못해요. 분명한 것은 여인들의 신상 정보를 되돌려 받은 후에 천밀원은 어떤 후속 조치도 하지 않았다는 거예요. 난 맹주님을 존경하고 신뢰해요. 그분이 스스로 말할 때까지 기다려 줄 생각이었어요."

사안은 원점이다. 현재로썬 정보 유출자가 누구인지 알 수 없다. 주서희 또한 범인이 아니라고 단정할 수 없다.

"의문이 있습니다. 맹주님은 그 여성들의 이름을 어찌해서 가지고 있었던 거죠? 그리고 맹주님의 딸, 송시원은 왜 그렇게 은닉해서 생활케 한 거죠?"

"나도 그게 의문이에요. 그 여성들이 혈지주의 범행 대상이 되었다는 것은 곧 서로 간에 연관된 모종의 일이 있었다는 거예요. 그리고 그런 점에서 따져보면 맹주님도 이 사건에서 결코 자유롭지 못해요."

주서희의 끝말에 이추수는 눈매를 찌푸렸다. 맹주가 의심스럽다고 에둘러 말하고 있었다. 만약 주서희의 말처럼 맹주가 관여된 사건이라면 이제까지의 모든 수사는 의미가 없는 것이 되어버린다. 뿐만 아니라 사건의 실체에 다다를수록 그녀와 즙포왕은 위험에 처하게 된다.

주서희가 오늘의 대화를 마무리 지었다.

"이 정도면 의문 해소는 되었나요? 앞으로 혈지주 사건을 수사함에 어렵거나 곤란한 점이 발생하면 꺼려 말고 천밀원으로 오세요. 혈지주는 모든 여성의 적입니다. 여성의 입장에서 내 이 포교의 수사를 적극 돕겠습니다."

"알겠습니다. 조만간에 다시 한 번 천밀원을 방문하겠습니다."

이추수는 자리에서 일어나 포권을 해보였다.

주서희가 깊은 눈으로 응시했다. 그 눈길은 이추수가 전각을 나갈 때까지 계속됐다.

전각을 나온 이추수는 연못을 건너간 후에 그곳에서 천밀원을 다시 뒤돌아봤다.

남자에게 버림받은 가련한 인생.

과연 그런가?

이추수는 솔직히 그게 어떤 인생인지 알지 못했다.

다만 확실한 것은 주서희의 모습에서 가련한 여인의 삶은 느껴지지 않았다는 것이다.

2장

비익조와 연리지

이추수가 중정부로 돌아오던 시점에서 맹 내의 상황이 이상하게 흘러갔다. 눈에 보이는 변화만 해도 중무장 무인들이 무림맹 곳곳에서 긴박히 움직여 댔다. 그리고 이추수는 중정부 수사본부로 들어가지도 못했다. 오정갈이 중정부 건물 한참 앞에서 이추수를 마중 나와 장소를 급히 옮기고 있었다.

중정부 구역을 벗어나 둘만 남은 장소에서 그녀가 물었다.

"무슨 일이죠?"

"충정검대가 중정부로 출동했습니다. 아울러 일월각도 조금 전에 공격을 받아 완전히 진압되었습니다."

"네? 그게 무슨?"

이추수는 깜짝 놀랐다. 충정검대는 무림맹에서 충렬검대 다음으로 전투력이 강한 감찰부대였다. 그런 무장병력이 그녀도 모르게 일월각을 공격한다는 것은 수사권의 지휘 체계를 역행하는 일이었다.

"누가 그런 명을 내렸죠? 충정검대는 맹주님 직속으로 알고 있는데 하면 맹주님이 명을 내렸다는 말인가요?"

"맹주님의 명이 아닙니다. 부맹주 적수금장 위개정의 지시입니다."

"그게 가능한 일인가요? 설마 반란이란 말인가요?"

"반란까지는 아닙니다. 맹의 규약에 따르면 맹주님의 부재 시에 일급 변란이 발생하면 부맹주가 감찰권을 행사할 수 있다고 되어 있습니다. 부맹주는 바로 그 권한으로 충정검대를 출동시켰습니다."

오정갈의 설명에 이추수는 언성을 높였다.

"그건 어디까지나 비상 상황에서의 규약이에요. 맹주님이 엄연히 살아 계시거늘 반란이 아니고서 누가 감히 감찰권을 발동할 수 있다는 말인가요."

그녀의 주장이 옳다. 이건 합법을 가장한 항명이요, 반란이다.

오정갈도 그녀의 이 말에 반론을 제기하지 못했다. 대신 다른 사안으로 말을 이었다.

"지금은 그런 것을 논할 단계가 아닙니다. 반란의 죄는 맹주님이 나중에 따져 물을 것입니다. 일단 이 포교는 몸을 피하십시오. 제가 은신처를 준비해 두었습니다."

"네? 내가 왜 피해요?"

"현 시각 이 포교의 수사권은 박탈되었고, 아울러서 체포령이 떨어졌습니다."

"말이 안 돼요. 무슨 죄명으로 저를 체포한다는 거죠?"

"부정한 수단으로 망월루와 거래를 했다는 죄명입니다. 그것 때문에 일월각도 공격받았습니다."

이제 보니 그녀가 주된 표적이다. 이것은 곧 혈지주 사건의 수사를 강제로 막겠다는 뜻과 같다.

"이 포교의 억울한 마음은 알겠지만 지금은 다른 방법이 없습니다. 맹주님은 삼 일 후에나 돌아오실 겁니다. 그때까지는 몸을 숨기도록 하십시오."

사흘 동안의 피신. 말이 쉽지 간단한 일이 절대 아니다. 맹주의 승인 없이 감찰 병력을 출동시켰다. 총단의 지휘권이 반란 세력에 넘어갔다는 뜻인데 그런 상황에서는 장안 어디에도 안전한 곳이 없다.

이추수는 잠깐 생각한 후에 결정을 내렸다.

"알겠어요. 피신은 하겠는데 그전에 가봐야 할 곳이 있어요."

"어디를 말입니까?"

"아귀굴."

그녀의 말에 오정갈이 인상을 구겼다. 이 위급한 시기에 그곳에는 왜 간다는 말인가.

"떠나더라도 혈마를 만나보고 가야 돼요. 물어볼 말이 있어요. 부탁해요. 오 실장 외에는 아무도 믿을 수 없어요."

이추수는 애원하듯 말했고, 오정갈은 그런 그녀의 청을 거절하지 못했다.

"알겠습니다. 지금 가죠. 단, 면담의 시간은 반각을 넘기면 안 됩니다."

중정부 마중옥.

마중옥에 도착한 이추수는 오정갈의 협조 아래 복잡한 절차를 생략하고 곧바로 아귀굴에 들어섰다. 그녀의 모습을 본 죄수들이 이전처럼 집단적으로 환호하고 야유를 보냈지만 그녀는 그 모든 것을 무시하고 혈마의 감옥으로 향했다.

혈마의 아귀굴 장악력은 여전했다. 그녀가 혈마의 철창 앞에 다다르자 죄수들의 준동이 한순간에 진정됐다.

"아귀굴에 오지 말라고 했거늘, 왜 내 말을 듣지 않는 거냐? 돌아가라. 본좌는 너를 이곳에서 만나고 싶지 않다."

전날과 마찬가지로 혈마는 어둠 속 벽면 구석에 앉아 있었다. 이추수는 시간적 여유가 없기에 철창 앞에 서서 안건만 전했다.

"선배님, 화음지변의 원인이 무엇이었는지 제게 말씀해 주십시오. 선배님은 다른 누구보다도 그 사건에 대해서 많이 알고 있지 않습니까."

혈마는 바로 답하지 않고 퀭한 눈빛으로 이추수를 쳐다봤다.

"네 목소리가 평소와 다르게 많이 불안정하구나. 바깥에 무슨 문제가 생긴 거냐?"

"죄송하지만 선배님, 사정을 설명하기엔 시간이 너무 없습니다. 선배님 부디 저에게 그 사건을 설명해 주십시오."

애원에 가까운 그녀의 말이었다. 혈마는 그런 그녀의 모습을 잠시 묘하게 살펴보곤 말했다.

"맹주가 아직 말해주지 않았더냐? 그 사건에 대해선 그 사람도 잘 알고 있다. 그러니 그를 찾아가라."

그녀가 대답하려고 할 때, 오정갈이 아귀굴 입구에서 소리쳤다.

"이 포교, 어서 나오세요. 충정검대가 곧 들이닥칠 것입니다!"

오정갈의 말처럼 상황이 아주 다급했다. 아귀굴은 출구와 입구가 하나뿐인 곳. 충정검대가 마중옥에 다다르면 그녀가 빠져나갈 곳이 없다고 할 수 있었다.

이추수는 초조한 심정으로 다시 사정했다.

"맹주님은 현재 부재중이십니다. 그리고 난 어쩌면 오늘 이후로 선배님을 만나지 못하게 될지도 모릅니다. 하니, 지금 저에게 그 사건에 대해 말해주세요."

"네가 피신을 해야 할 정도로 상황이 심각한 거냐?"

"네."

"혈지주 사건과 연관된 것이냐? 그래서 너를 체포하려고 하는 것이냐?"

"네."

혈마는 추론만으로도 맹의 상황을 정확히 짚어냈다.

"한 가지를 약속하면 너의 청을 들어주겠다. 약속하겠느냐?"

"약속합니다."

혈마는 잠깐 침묵한 후에 말을 이었다.

"지금부터 너는 혈지주 사건 수사에서 완전히 손을 떼라. 악양으로도 돌아가지 말고 최소 반년은 무림인들의 관할권을 벗어난 곳에서 생활하도록 해라."

"네? 그게 무슨?"

이추수는 반문이 저절로 나왔다.

사건 수사를 하지 말고 무림을 당분간 떠나라는 말. 그녀로선 도무지 납득이 되지 않는다.

"그럴 수 없습니다. 수사를 중단할 수는 없습니다. 범인을 반드시 잡아야 합니다."

"혈지주는 내가 잡도록 도와줄 것이다. 필요하다면 너를 대신해 너의 선배 포교를 만나서 정보도 제공해 줄 것이다."

"내가 그러지 않는다는 것을 알 것인데 대체 이런 말을 하는 이유가 무엇입니까?"

"너의 안전을 위해서다. 이 사건의 실체에 파고들수록 너는 위험해진다."

이추수는 미간을 찌푸렸다. 의문 이전에 난감함이 먼저이다. 수사로 인해 몇 번 만난 것에 불과하건만 혈마가 왜 그녀의 안전을 이토록 중히 여기는가.

그녀는 따지듯 물었다.

"그러니까 화음지변과 혈지주 사건을 잇는 그 실체가 무엇입니까? 그게 얼마나 대단한 것이기에 내가 위험에 처해진다고 주장하시는 겁니까?"

혈마는 그녀를 진하게 응시하며 대답했다.

"칼은 용자(龍子)의 무덤 안에서 불타고 있다. 이 말의 뜻을 너는 알고 있느냐?"

"칼… 용자의 무덤… 아, 그럼!"

이추수는 혈마의 말을 중얼거리다 말고 눈을 번쩍 떴다.

불가공법의 첫 구절.

용자의 무덤 안에서 불타고 있는 제왕의 칼.

무림인으로서 어찌 그것에 대해 모를 수 있으랴.

"화룡도의 저주가 다시 부활하고 있다. 십오 년 전에도 그것 때문에 수많은 사람이 죽었다. 너는 화룡도에 현혹되지 말라. 그것은 제왕의 칼이 아닌 세상을 피로 물들이는 마신의 병기이다."

"으음."

이추수는 가늘게 떨었다. 사건의 시작점을 이제야 알았다.

화룡도.

내막은 모르지만 혈지주는 그것에 접근하고자 여인들을 죽이고 다녔다. 어쩌면 무림맹에 반란이 일어나게 된 것도 그것에 기인되어 있는지 모른다.

이추수가 충격에 빠져 있을 때 오정갈의 다급한 음성이 다시 들려왔다.

"이 포교! 지금 나오세요! 어서요!"

이젠 더 물어보고 싶어도 그럴 시간이 없다.

이추수는 혈마에게 포권을 해보였다.

"가르침을 주신 것 감사드립니다. 다만, 이 사건에서 물러서라는 그 말은 들어줄 수가 없습니다. 저는 이 사건을 끝까지 파헤칠 것입니다. 하면 선배님, 다시 만날 그날까지 건강히 지내십시오."

인사를 전한 이추수는 곧바로 뒤돌아섰다.

그때 혈마의 음성이 그녀의 걸음을 잡았다.

"그자와는 지금도 연락을 하고 있느냐?"

"누구?"

"전서로 만난다는 그 남자."

이추수는 뒤돌아서서 혈마를 쳐다봤다.

"물론이에요. 한데 갑자기 그 사람은 왜?"

"그에게 이런 말을 전해라. 운명을 되돌린들 삶은 나아지지 않는다. 역행자의 삶에는 준엄한 심판이 따르며 그 대가는 평생토록 역행자와 그 주변인의 삶을 괴롭힐 것이다."

뜻도 모르고, 이런 말을 전하라는 의도도 알 수 없다. 그렇다고 다시 무언가를 물어볼 상황도 되지 못한다. 그녀는 마지막으로 혈마를 응시하곤 뒤돌아 아귀굴 입구로 달려갔다.

* * *

무림맹을 무사히 빠져나온 이추수는 오정갈이 마련해 둔 장안 북문의 중정부 안가로 몸을 피신했다. 북문 안가는 비공

식적인 은신처이기에 중정부의 실무진 몇몇을 제외하고는 누구도 이곳의 위치를 모른다. 오정갈은 맹주가 돌아올 때까지 이곳에서 쥐죽은 듯 숨어 있으라는 경고의 말을 덧붙이곤 맹으로 돌아갔다.

오정갈이 돌아간 후, 이추수는 작금의 사태에 대해 진지하게 생각해 봤다.

숙소에서 옷가지 하나 못 챙겨왔을 정도로 반전 상황은 갑작스럽게 닥쳤다. 의문스런 점이 하나둘이 아니지만 이렇게 된 상황을 일단 단순화시켜서 풀어본다. 현 사태는 일월각 거래 이후에 벌어졌다. 즉, 채염이 건네준 정보가 무림맹주에게 건너가는 것을 누군가가 막고자 했다는 것이다.

채염은 혈지주 사건의 정보 유출자로 천밀원을 단정적으로 지목했다. 그렇다면 가장 먼저 주서희를 의심하지 않을 수 없다. 주서희가 자신은 혈지주 사건과 상관없다고 말했지만 그건 어디까지나 그녀의 주장이다. 무림맹에서 반기를 도모할 권력자는 다섯 명이 채 되지 않는다. 천밀원주 주서희도 그중에 하나라는 점을 감안하면 의심의 근거는 충분하다.

"천밀원주가 왜 이런 위험한 짓을 하지? 무림맹주와 맞서도 자신 있다는 건가?"

규약에 따른 감찰권을 사용했다지만 이건 반란이나 마찬가지다. 혈지주와 대체 무슨 관계이기에 병력을 동원해서까지 맹주와 맞서려고 하는가. 주서희가 혈지주에게 명을 내렸단 말인가? 그도 아니면 혈지주가 주서희의 상관이란 말인가?

'지나친 생각이야. 천밀원주가 뭐가 아쉽다고 강호의 지탄을 받는 그런 흉악한 사건에 직접적으로 얽혀들겠어.'

모든 것이 확실하지 않는 상태에서 확대 해석은 금지다. 천밀원과 혈지주가 모종의 관계에 있다는 정도로만 사안을 정리한다. 거기에 보완될 것은 천밀원과 혈지주를 잇는 공동의 목적이다. 이 점은 혈마가 이미 가르쳐 주었다.

"화룡도. 그것을 개입하면 그간의 의문 상황이 풀리게 돼."

화룡도가 이유가 되었기에 화음지변이 발생했고, 혈지주는 그 화룡도를 쟁취하고자 전날의 여성들을 찾아 범행을 일으켰다. 또한 무림맹의 반란 세력도 화룡도가 관련되었기에 위험을 각오하고 병력을 동원한 것이다.

세부적인 사실은 아직 하나도 모른다. 이제부터 밝혀내야 할 사건이다. 다만 원인을 알아냈다는 점에서 수사의 부담감은 이전보다 한결 덜하다. 생각을 정리한 이추수는 내심을 한 번 더 굳게 다졌다. 이 사건의 시작과 끝을 반드시 파헤쳐 보겠다는 것이다.

시간이 흘러 어느덧 해가 저물었다.

이추수는 몸이 피곤하고 마땅히 할 것도 없기에 자리에 누워 눈을 감았다.

잠은 쉽게 오지 않는다.

온갖 생각으로 머리가 복잡하다. 그러던 그녀는 한순간 눈을 떴다.

생각해 보니 아직 하나의 사안이 정리되지 않았다.

혈마에 관한 것이었다.

돌이켜 보면 혈마는 이제까지 그녀에게 지나치다 싶을 정도로 호의적이었다. 애초에 걱정했던 악인의 성향도 그녀와 만나는 자리에선 전혀 내보이지 않았다. 그래서 그녀는 때때로 혈마가 과연 악인이었는지 의문을 가져보기도 했었다.

이번의 경우만 해도 그랬다. 혈마는 위험하다고 말하며 그녀에게 사건에서 물러나 있기를 원했다. 약속까지 들먹일 정도였으니 그 말의 진정성은 의심하지 않아도 되었다.

"아!"

혈마를 생각하는 와중에 그녀는 그만 상체를 벌떡 일으켰다.

아귀굴에서는 다급한 상황이라 생각을 깊게 해보지 않았는데 지금 되돌아보니 혈마가 아주 의문스런 말을 했었다. 혈지주 사건의 원인을 물어본 대답에서였다.

"맹주가 아직 말해주지 않았더냐? 그 사건에 대해선 그 사람도 잘 알고 있다. 그러니 그를 찾아가라."

혈마의 그 말은 앞뒤가 맞지 않았다. 전날의 독대에서 혈마는 선배 포교에게 물어보라는 말을 했지, 맹주는 거론하지 않았다. 한데도 혈마는 맹주와의 연결을 당연한 듯 이야기했다.

"맹주님이 화음지변에 관계된 것을 혈마가 알고 있었다는 건가? 아니야. 그건 말이 안 돼. 설령 그 사건을 같이 겪었다고 한들 혈마가 어찌 지금의 맹주가 그 사람이란 것을 알 수 있겠어? 맹주는 그 사건 이후 한참 세월이 지난 후에야 무림에서 명성을 얻었는데."

물론 억지로 끼워 맞추자면 아귀굴의 죄수가 무림맹주에 관해 낱낱이 설명을 해주었다고 가정할 수 있다. 하지만 아귀굴에서 오랫동안 홀로된 시간을 보낸 혈마가 그렇게 바깥 세상사에 관심이 많았으리라고 여기기에는 또한 무리가 있었다.

아무리 생각해 봐도 혈마의 삶은 아귀굴에 갇힌 이후로 의문투성이이다. 이추수는 머리가 아플 정도로 복잡하자 방문 입구로 나와 담장 너머의 공간을 내다봤다.

장안 도심의 불빛이 저 멀리에서 보이고 있었다.

세상 속의 그녀는 미미한 존재다.

그녀 하나가 이렇게 사라진들 세상은 알지도 못하고 변함도 없을 것이다.

갇혀 있다는 생각이 들자 갑자기 기분이 울적해진다.

예전 같으면 이럴 때 즙포왕이 생각났지만 언제부터인가 더는 그녀의 감정을 달래주는 사람이 되지 못하고 있다.

끼룩끼룩.

담장 너머에서 유월이 날아왔다

그녀는 반가운 심정으로 유월이를 손에 받았다.

"귀여운 녀석. 내가 이런 심정일 때면 넌 항상 나타나는구나."

오전에 받은 전서가 생각난다.

이추수는 전서를 꺼내 글자 하나하나를 음미하며 천천히 읽었다.

그리고 전서를 다 본 다음에는 필기구를 꺼내 담사연에게 보낼 전서를 적기 시작했다.

무엇을 쓸까?

오늘의 반전 사태를 적을까?

처음에 작성한 전서는 다시 읽어본 후에 마음에 들지 않아 찢어냈다.

그녀의 현재 감정이 담긴 글이라 내용이 상당히 침울하고 문장이 비판적이었다.

그녀의 현실이 아무리 어려워도 진짜 힘들게 살아가는 것은 바로 그 사람이었다.

무림의 권력에 맞선 한 사람의 자객.

그 사람은 아무도 알아주지 않는 외로운 길을 홀로 걷고 있었다.

그래서 그 사람에게 부담되는 글은 적어 보내기 싫었다.

이왕이면 밝고 유쾌하게 글을 쓰리라.

그녀는 그런 심정으로 붓을 들었다.

사연 님!

경사예요, 경사!

헤헤! 갑자기 무슨 일이냐고요?

오늘 장안의 청부단체에 일이 있어 접촉을 했었지요.

그곳에서 아비객이 거론되기에 사연 님의 친필 서명을 슬쩍 보여주었죠.

그랬더니 히히히!

완전히 난리가 났어요.

사람들이 집단으로 몰려오고, 청부업계의 종사자들이 앞다투어 거래를 원했죠.

사연 님의 친필 서명 전서가 얼마짜리인지 아세요?

놀라지 마세요.

자그마치 오천 냥이에요.

지금 나는 포교 생활을 때려치울까 진심으로 고민하고 있어요.

사연 님이 보낸 전서를 전부 모아두었으니 그것을 내다 팔면 아마도 난 악양 최고의 부자가 될 거예요.

고마워요, 사연 님.

이게 다 불세출의 자객이신 당신 덕분입니다.

뭐 요구할 것 없으세요?

당신이 원한다면 강호에 아비객의 황금 동상이라도 세워드리겠습니다.

이상, 돈이 너무 많아 행복한 이추수 올림.

전서를 짧게 끊었다.

갇혀 있는 신세나 다름없으니 오늘은 시간이 남아돈다고 할 수 있었다.

이런 날은 밤을 새우며 전서를 오가는 즐거움을 누려야 할 터다.

전서를 보낸 지 한 시진.

유월이 답장을 매달고 안가로 날아왔다.

하하, 추수 님!

부자가 되신다니 진심으로 축하합니다.

보잘것없는 제 서명 전서가 오천 냥이나 한다니 나로선 그저 감개무량합니다.

다만 강호에 저의 동상을 세우는 것은 반대입니다.

자객이란 존재는 칭송을 받거나 기억되는 대상이 아닙니다.

자객은 불완전한 시대가 낳은 사생아일 뿐입니다.

올바른 시대였다면 자객이란 존재가 필요하지도 않겠지요.

저는 무림의 역사 속에서 이름 없는 자객으로 남길 원합니다.

작은 소망이 있다면 세상 모두가 아비객의 실체를 모른다고 해도, 단 한 사람의 여인만큼은 저를 아비객이 아닌 담사연으로 기억해 주는 것입니다

물론, 아비객의 전서를 사용하지 말라는 뜻은 아닙니다.

추수 님이 부자가 되시는 길이라고 하니 저도 이제부터 적극 지원하겠습니다.

앞으로는 전서를 보낼 때마다 서명을 꼭꼭 남기겠습니다.

이상, 부자가 된 추수 님을 부러워하는 가난한 자객 담사연이 올립니다.

추신.

생각해 보니 이 상황이 억울하고 또 허탈하군요.

오천 냥을 구하고자 자객의 길에 나섰는데, 후대에선 저의 서명

한 장이 그 값이라고 하니 말입니다.

그래서 말인데 우리 이왕이면 크게 한탕을 할까요?

아비객이 사랑하는 여인에게 보낸 구구절절한 연애편지는 어떻습니까?

그 정도면 최소 삼만 냥은 받지 않을까요?

이심전심일까.

담사연의 답장도 평소에 비교해 내용이 가볍고 짧았다.

전서 말미에는 이른 답장을 기다리는 물음도 남겼다.

그 사람도 오늘은 할 일이 없는가?

이추수는 피식 웃으며 답장을 작성했다.

연애편지로 크게 한탕을 하자고요?

나야 당연히 좋죠.

다만 작업을 진행하기에 앞서 일단 제가 먼저 검사를 해봐야 해요.

연애편지라는 게 원래 조금만 잘못 작성해도 손발이 오글거려 남들은 잘 읽지 못하는 감정 과잉의 글이 되거든요.

제가 그 방면(?)으로 소질이 있으니 그런 점이 보이면 수정을 해줄게요.

그럼 아비객의 연애편지를 기다리겠습니다.

이추수는 가벼운 심정으로 답장을 적어 보냈다.

물론, 한탕 하자는 작업은 진심이 아니다.

그녀는 아비객의 전서를 거래할 계획도, 부자가 될 생각도 없었다.

그 사람과 이렇게 공통된 주제로 소통한다는 것 자체가 그녀를 즐겁게 했다.

담사연이 보낸 연애편지.

과연 어떻게 적어 보낼까?

그녀는 전서를 기다리는 내내 가슴이 기대심으로 부풀었다.

전서는 예상보다 늦은 자정 무렵이 되어서야 날아왔다.

전서를 펼쳐 본다.

전서를 읽어 내려가던 그녀는 어느 순간부터 자세를 바로 잡았다.

작업을 하기 위해 적은 전서가 아니었다.

깊은 밤 사람들 모르게 한 약속,
하늘에서 만난다면 비익조가 되기를 원하고
땅에 있다면 연리지가 되기를 바라네.
높은 하늘 넓은 땅 다할 때가 있건만,
우리의 절절한 사랑은 끝없이 계속된다네.

꿈을 꿉니다. 상상을 합니다. 나는 그곳에서 자객이 아니며 당신은 또한 포교가 아닙니다. 나는 햇살이 따사로운 서원의 잔디밭에서 당신의 무릎을 베고 누워 당신을 가만히 올려다봅니다. 당신은 잔잔한 미소를 입가에 머금고 나를 그윽하게 내려다보고 있습니다. 당신의 감정은 이 순간, 언어로 표현되기에 앞서 눈으로 먼저 전달됩니다. 그리고 그 눈에 담긴 감정보다도 훨씬 이전에 연인을 향한 당신의 설렘이 서로 맞닿은 육체에서 느껴져 옵니다.

우리에게 과연 그런 날이 올까요?

당신의 설렌 감정을 현실에서 느껴볼 그런 기회가 과연 나에게도 주어질까요?

당신을 알고 지낸 시간보다 당신의 존재를 모르고 살아간 시간이 비교도 할 수 없이 길지만 나는 내 삶을 두고 선택을 하라면 주저 없이 전자의 시간을 택하겠습니다. 당신을 모르고 살아간 그 세월은 내가 원한 삶이 아닌, 내가 어깨에 짊어지고 가야 할 의무적인 삶에 지나지 않았습니다. 나는 당신으로 인해 삶은 비관보다 희망적인 요소가 더 짙으며, 고됨보다 즐거움의 나날이 더 많다는 것을 비로소 알게 되었습니다.

당신께 처음으로 고백하지만 나는 신을 믿지 않습니다. 아니, 인간사를 좌우하는 신의 권능을 믿지 않았습니다. 하지만 지금 나는 신께 진정으로 기도해 봅니다.

고달팠던 지난 삶을 원망하지 않겠습니다. 자객의 삶으로 버린 신의 권능을 부정하지 않겠습니다. 다만, 나의 이 소중한 시간, 연인을 그리워하고 연인과 전서로 만나는 이 행복한 삶만큼은 빼앗아 가지 마시기를.

'비익조'는 날개가 한쪽밖에 없어서 암컷과 수컷의 날개가 합쳐져야만 날 수 있는 새입니다. 그리고 '연리지'는 뿌리가 서로 엉켜 한 그루처럼 자라는 나무를 말합니다. 나는 당신의 비익조요, 연리지가 되길 원합니다. 이 약속은 내 남은 삶의 어떤 가치보다 소중하며 또한 진실되게 지켜질 것입니다.

전서 속의 연인, 담사연이 당신께 내 마음을 보냅니다.

"치이. 이게 뭐야, 유치하게……."

전서를 읽어 본 이추수는 중얼거림과 다르게 눈물을 글썽였다. 작업을 하자고 하더니 고백을 하고 있었다. 그 마음은 알지만 그녀는 가슴 한편이 섭섭했다. 이런 고백의 편지는 그녀가 미리 마음의 준비를 해둔 상태에서 읽어야 했다. 그래야만 감동이 두 배가 될 수 있었다.

"이번 한 번만 특별히 봐주겠어요. 다음부터는 나를 놀라게 하지 마세요. 알겠어요?"

이추수는 전서를 들고 안가 밖으로 나갔다.

밤하늘을 올려다본다.

수연교에서 보낸 그날처럼 달빛이 찬란했다.

그녀는 눈을 감고 팔을 벌렸다.

월광이 그녀의 얼굴 위로 쏟아진다.

하늘에는 비익조, 땅에는 연리지.

그 사람을 향한 그녀의 심정도 그것과 다르지 않다.

그녀는 발뒤꿈치를 살짝 들었다.

달과의 거리가 한층 가까워진 것 같다.

그녀는 그 상태로 잔잔한 미소를 머금었다.

"우리는 곧 만나게 될 거예요. 내가 지금 신께 열심히 기도했거든요."

夜半無人和語時. 야반무인화어시.

在天願作比翼鳥, 재천원작비익조.

在地願爲連理枝. 재지원위연리지.

天長地久有時盡, 천장지구유시진.

此恨綿綿無絶期. 차한선선무절기.

깊은 밤 아무도 모르게 한 약속.

하늘에서 만난다면 비익조가 되기를 원하고, 땅에 있다면 연리지가 되기를 바라네.

높은 하늘 넓은 땅 다할 때가 있겠지만, 이 절절한 사랑의 한은 끝없이 계속된다네.

〈백거이 장한가.〉

3장

화룡도

“검신이 야랑에게 당했습니다. 측성대 청부 작전을 중지하셔야 합니다.”

“…….”

“야랑은 우리의 통제에서 벗어나 독자적으로 움직이고 있습니다. 이대로는 청부의 성공을 장담할 수 없습니다.”

“…….”

성검산장 미수연을 하루 앞둔 날, 동심맹 낙양지부에서 야랑의 동향 보고를 겸한 천기당의 긴급 논의가 있었다. 보고자는 소유진인데 조순은 그녀의 말을 듣는 동안 안색이 줄곧 어두웠고 말 또한 극도로 아꼈다.

야랑이 검신과 검귀를 저격한 사건은 천기당의 업무를 일약 마비시켰다. 저격 암습이 아닌 추격전에서 나온 결과이기에 충격의 세기는 더 컸다. 천기당의 모사들은 야랑의 대전투 능력이 이토록 위협적이라고는 미처 생각을 못했다. 단적으로, 검신과 검귀를 뒤쫓아 척살하려면 동심구존에 준하는 무력을 소유해야만 가능했다. 화연산이 점창지존이었으니 엄격히 따지면 동심구존의 무력으로도 그런 결과를 장담하지 못한다고 봐야 했다.

"천기당은 야랑의 무력 측정을 함에 심각한 착오를 범했습니다. 야랑은 실전에 들어가자 저격 능력뿐이 아닌 경신술, 대박, 암기술, 판단력, 대응력, 등 대전투 무력의 모든 점에서 일급을 넘어서는 수준을 보였습니다. 특히 승부를 가르는 순간 전투력은 절정의 고수와도 능히 대적할 정도로 강했습니다. 하니 지금이라도 청부를 중지하고……."

조순이 손을 들어 소유진의 말을 중지시켰다. 그녀의 보고가 시작된 이래 처음으로 보이는 표현이다.

"순간 전투력에 대해서 더 상세히 보고하라."

"야랑은 자기보다 더 강한 무인을 상대할 때, 우선적으로 자신에게 유리한 전투 환경을 조성한 다음 단번에 승부를 결정지었습니다. 개인의 무력보다 전투 조건을 앞세워 중시한 대응 방식은 기존의 무림인들에게 낯선 것인데 천기당 무학사들의 분석에 의하면 이러한 전투 상황에서의 단판 승부는 고수와 하수의 무력 차이를 현저히 좁혀준다고 합니다. 야랑은 바로 그런 상황 유도와 일격 승부로써 자신보다 고수인 무인들을 잡아낸 겁니다."

"문제점이 있는 보고이다. 일급의 무인이 아닌, 절정의 무인들을 대적할 때는 그 대응 방식이 바르게 적용되지 않는다. 검신을 상대로 그게 통하려면 야랑의 순간 전투력에 일초식의 절정 무공이 반드시 포함되어야 한다. 그 점에 대해서 분석을 해보았느냐?"

조순의 반문은 핵심을 뚫고 있다. 일격 승부에서 검신과 맞서는 무력을 야랑이 소유했다는 거다.

소유진이 쉽게 대답을 못하자 조순이 사망탑의 일교관이었던 팽사적을 돌아봤다.

"팽교가 답하라. 야랑의 검공이 진정 능광검법이 맞는가?"

이미 일차 보고를 받은 상태이다. 그 안에는 야랑이 모종의 지수검법을 발휘했다는 보고가 있다.

팽사적이 앞으로 나와 말했다.

"살아남은 점창파 제자들의 증언에 따르면 야랑은 월광과 더불어 지수검법을 사용했습니다. 사체를 확인한 결과에서도 지수검의 흔적이 남아 있고, 또한 조광생이 저격을 당하기 전에 주변인들에게 자신이 그것을 직접 상대해 보았다고 말하기도 했습니다. 야랑의 지수검법이 어떤 유파의 것인지, 또 어떻게 성취한 것인지에 대해서는 현재 조사를 하고 있는 중입니다."

"으음."

조순은 무거운 숨결을 흘려냈다. 곤혹함의 표현이다. 야랑의 지수검법. 그것도 검신과 검귀를 상대할 정도로 수준이 높은 지수검법. 이건 정말 문제 중의 문제다. 야랑 같은 특급 자객이 지수검으로 일격 승부를 벌이면 무림의 어떤 고수도 안전을 장담할 수 없다.

소유진이 조순의 눈치를 살피며 보고를 이었다.

"주제넘게 들리시겠지만, 지수검법에 관한 천기당의 보고는 문제의 핵심이 아닙니다. 이 사안의 핵심을 야랑의 무공에 맞춘다면 우리는 또다시 큰 실수를 하게 되는 겁니다. 우리가 주목하고 우려해야 할 점은 야랑의 무공이 아닌 야랑 그 자체입니다. 야랑의 상황 판단력과 전투 대응력은 현 무림에서 단연 최강입니다. 감히 주장하건대 지수검법이 아니었다고 해도 야랑은 검신과 검귀를 잡았을 것입니다."

소유진의 말에 누구도 반론을 제기하지 못했다. 조순도 예외가 아니었다. 단화진과 궁마의 저격 사례에서 보듯 야랑은 지수검공 같은 절정의 무공 발휘가 아니더라도 청부를 훌륭히 완수했다.

"얼마 전, 신강에서 잡혀온 신마궁의 오대호법 추귀적이 사형대에 올랐습니다. 어차피 죽을 위인이기에 동심맹과 야랑의 청부에 대해 설명해 주고 조언을 구했지요. 그때 추귀적은 우리가 야랑에게 능광검을 수련하게 해주었다는 말을 듣고는 딱 잘라서 네 마디로 답하더군요. 그 말은……."

소유진이 말을 끊고는 조순을 쳐다봤다. 조순은 말을 해도 된다는 뜻에서 고개를 끄덕였다.

"그 말은 '미.친.놈.들.' 이었습니다."

소유진의 이어진 말에 실내가 쑤군댔다. 수락했던 조순조차 불편한 숨결을 흘려냈다. 소유진은 작정을 했는지 주변의 분위기에 아랑곳 않고 말을 이어나갔다.

"그건 호랑이에게 날개를 달아주었다고 비꼬는 말이었습니다. 아울러서 추귀적은 죽기 전에 이런 말도 덧붙였습니다. '당신들 이제 정말 큰일 났어.' 이게 무엇을 경고하는 말인지 모르는 분은 아마 없을 겁니다."

팽사적이 소유진의 말에 끼어들었다.

"당주님이 듣고 계시는 자리입니다. 말을 가려서 하십시오."

소유진이 한 발 물러섰다. 말이 심하긴 했다. 평소 같았으면 이 정도 거론으로 징계를 받았을 것이다.

조순이 말했다.

“부당주는 개의치 말고 보고를 끝까지 하라. 결론이 무엇이냐?”

“중원의 무인들을 하찮게 보던 추귀적은 사형을 당하는 그 순간까지 야랑이란 존재를 두려워했습니다. 야랑의 추격전에서 생존했던 점창파의 제자들도 하나같이 야랑에 대해 두려움을 표출하고 있습니다. 이유가 무엇일까요? 야랑의 무공일까요? 아닙니다. 두려움의 대상이 바로 야랑이었기 때문입니다. 당주님, 거듭 말씀드리지만 청부 작전을 중지해 주십시오. 야랑은 너무 위험합니다. 또한 그는 우리를 믿지 않습니다. 일이 잘못될 경우 우리는 밤이 오는 것을 두려워해야 하는 처지가 될 수 있습니다.”

소유진의 보고가 끝났다.

좌중의 침묵 속에서 조순이 한참을 깊이 생각하곤 자신의 입장을 밝혔다.

“야랑의 청부에 문제가 있었다는 것을 인정한다. 이는 야랑의 능력을 무림인의 기준으로 판단했던 나의 착오에서 비롯됐다. 장강에서 호적선을 만났을 때 호적선이 야랑의 능력을 무림인의 시각으로 판단하지 말라고 하며 야랑은 준비된 자객, 예정된 천하제일의 살수라고 내게 엄중히 경고했다. 그때 내가 호적선의 경고를 진지하게 받아들였다면 지금과는 다른 방식으로 야랑을 이 청부에 투입시켰을 것이다."

조순은 과오를 솔직히 인정했다. 동심맹의 실세로서 쉽지 않은 표현인데 이어진 말에서는 또 달랐다.

"하나, 그렇다고 이제 와서 청부를 중단할 수는 없다. 천기당뿐만이 아닌 대업에 동참한 우리의 형제 모두가 이 청부 작전에 뛰어들었다. 이는 조직의 사활이 걸린 일이며 또한 생존의 싸움이다. 여기에서 물러서면 그땐 우리가 역공을 당하게 된다. 하니, 천기당은 지휘부를 믿고 청부 작전을 예정대로 진행한다. 알겠는가?"

"존명!"

조순의 결론에 천기당의 당원들이 일제히 포권했다.

회의가 끝났다.

당원들이 자리를 떠날 때 조순은 소유진에게 눈짓했다.

"부당주는 거기 남아 있으라."

당원들이 모두 떠나고 조순과 소유진만 자리에 남았다.

조순이 불렀다.

"유진아, 이리 가까이 오너라."

소유진이 다가오자 조순은 목갑 상자를 단상에 올려놓았다.

"이게 뭐지요?"

조순은 소유진의 물음에 답하지 않고 다른 이야기를 꺼냈다.

"오늘은 평소와 다르게 직설적이더구나. 하긴, 정보 단체의 수장이 되려면 그렇게 상관에게 직언도 고할 수 있어야겠지."

"심기를 상하게 했다면 죄송합니다."

"조직을 위해서 바른 말을 했는데 죄송할 것이 무에 있겠느냐. 내 너의 보고를 참고해서 조치할 터이니 너는 야랑에 관해서 걱정을 하지 않아도 된다."

"그 말뜻은?"

"네 말처럼 야랑은 몹시 위험한 존재다. 그러기에 측성대청부의 성공 유무를 떠나서 야랑의 활용은 거기까지다. 내일 이후로 더는 야랑을 보지 못하게 될 것이다."

소유진이 조순을 가만히 응시했다. 소유진의 감정 표현도 극도로 감춰져 있었다.

"검신과 검귀도 어쩌지 못했던 존재입니다. 처단이 쉽지는 않을 것입니다."

"염려 마라. 사망탑을 위시한 천기당의 모든 살수조직이 야랑 척살에 투입된다. 그리고 그들로도 안 된다면 그땐 그분께서 직접 나서서 야랑의 목숨을 끊을 것이다."

그분.

조순이 '그분' 이라고 존칭할 대상은 지극히 한정적이다.

소유진의 뇌리에 한 사람이 스쳐간다.

조순은 생각에 잠긴 소유진을 묘하게 쳐다보며 목갑을 건넨 이유를 밝혔다.

"참, 이게 무엇이냐고 물었지? 이건 선물이다."

"선물?"

"오늘 야랑과 접선을 한다고 알고 있다. 야랑을 보거든 이것을 전해줘라."

소유진이 목갑을 살짝 열어보곤 눈매를 심하게 찌푸렸다.

"받은 게 있으면 주는 것도 있어야 하지 않겠느냐."

조순의 말은 소유진의 귀에 제대로 들려오지 않았다.

목갑 속의 내용물.

야랑과 적이 되기를 원치 않는 그녀로선 최악의 선물이다.

이제 동심맹과 야랑은 돌아올 수 없는 강을 건너간 사이가 되어버렸다.

* * *

낙양 백마사.

백마사(白馬寺)는 후한(後漢) 시절에 세워진 대륙 최초의 사찰이다. 천축의 축법란과 가섭마가 백마에 경전을 싣고 이곳으로 왔기에 백마사라 이름 지어졌다.

정오 무렵, 소유진은 야랑과 접선하기 위해 백마사의 붉은 산문 앞에 자리했다. 자은사 접선 이후로 야랑은 천기당의 통제에서 완전히 벗어났다. 야랑과 접선하려면 천기당은 이제 오히려 야랑의 지시를 받아야 했다.

지금의 접선도 그러했다. 접선 시각이 다가왔지만 그녀는 야랑이 현재 어디에서 무엇을 하고 있는지 전혀 몰랐다. 그녀가 할 수 있는 일이라곤 백마사 산문 앞에서 야랑의 밀지를 기다리는 것이 전부였다.

산문 앞에서 한 식경 정도를 대기하자 반백의 장년인이 그녀에게 다가와 밀지를 전했다. 혹시나 해서 유심히 살펴봤지만 장년인은 백마사를 구경 온 관광객이지, 야랑이 아니었다.

장년인이 떠나고 난 다음, 소유진은 밀지를 펼쳐봤다.

대불전 앞으로 와. 꼬리를 달고 오면 오늘 접선은 없던 일로 하겠어.

소유진은 밀지를 접고 산문으로 들어섰다. 천기당의 무인들이 따라오려고 하자 손을 저었다.

"그냥 여기서 대기해. 너희가 나선다고 잡힐 사람이 아냐."

사천왕전을 지나 대불전 앞에 도착했다. 낙양에서 유명한 사찰이기에 관광객이 제법 돌아다니고 있었다. 잠시 후, 이번에도 관광객으로 보이는 중년인이 그녀에게 다가와 쪽지를 전했다. 대웅전으로 장소를 이동하라는 내용이었다. 그녀는 지시대로 대웅전으로 향했고, 그곳에서 또다시 쪽지를 건네받아 백마사 비로각(毘盧閣)으로 위치를 옮겼다. 비로각은 축법란과 가섭마가 경전을 번역했던 장소이다.

"아!"

비로각에 다다른 소유진은 야랑의 모습을 어렵지 않게 발견했다. 야랑은 대담하게도 비로각 우측의 나무 그늘 아래 만들어 놓은 장의자(長椅子)에 앉아 있었다.

그녀는 야랑의 눈앞으로 걸어갔다.

"이제 보니 간이 아주 배 밖으로 나왔군요. 이봐요. 당신 한 사람을 찾고자 무림의 모든 정보 조직이 움직이고 있어요. 이렇게 공개적으로 얼굴을 내놓고 다니다가는 청부 완수는커녕 당신의 뒷머리에 먼저 칼이 박힐 거예요."

"그건 니들이 걱정할 일이 아니야. 왔으면 용건을 전해. 무슨 일이야?"

야랑이 그녀를 쳐다봤다. 감정이 담겨 있지 않은 얼굴이었다. 소유진은 호패 하나를 꺼내 야랑에게 내밀었다.

"미수연에 참석할 수 있는 신분 명패예요. 그것이 없으면 성검산장으로 들어가지 못해요. 그리고 산장 안으로 들어가면 성검청을 찾아가서 그것을 보여주세요. 그러면 측성대에 올라갈 수 있는 방법을 일러줄 거예요."

"쓸데없는 짓 하지 마. 전에 분명히 말했어. 내 방식대로 청부를 수행한다고. 시간 없으니까 어서 사실대로 말해. 그딴 것을 전해주고자 나를 만나려고 했던 게 아니잖아."

소유진은 호패를 돌려 넣고 장의자에 앉았다. 야랑이 천기당의 통제를 거부하리라는 건 이미 알고 있었다.

"당신이 이번에 얼마나 엄청난 짓을 했는지 알아요? 검신은 동심맹주와 함께 대업에 나선 구인회의 핵심 인물이었어요. 그런 사람을 당신이 그것도, 우리에게 어떤 보고도 없이 저격 척살했어요. 말해봐요, 대체 무엇 때문에 그런 짓을 벌였어요?"

"몇 번을 말해줘야 해? 무엇을 하든 그건 내 자유야. 너휜 나를 관리할 자격이 없어."

야랑의 단호한 대답에 소유진은 한동안 깊이 침묵했다.

감정을 정리하는 시간이 필요하다. 그리고 침묵을 끝냈을 때 그녀는 차가운 표정으로 변해 말했다.

"접선의 이유를 물었죠? 그건 당신에게 경고를 하기 위함이에요. 당신은 자유로울지 모르겠지만 당신의 주변 인물들은 결코 자유롭지 못해요. 명심하세요. 또다시 독단적으로 일을 벌인다면 그땐 당신이 가장 사랑하는 사람의 목을 보게 될 거예요."

소유진은 장의자에서 일어났다. 그녀가 앉은 자리에는 목갑이 놓여 있었다.

"선물이에요. 열어보세요."

야랑이 목갑을 열었다.

두 개의 인두가 그 안에 있었다.

풍월관의 형제들, 맹표와 맹적의 목이었다.

야랑이 목갑을 조용히 닫고 소유진을 노려봤다.

소유진은 등을 돌렸다.

등 뒤에서 감정을 억누르는 야랑의 음성이 들려왔다.

"후회하게 될 거야."

"그럴지도."

소유진은 낮게 대답하며 앞으로 걸어갔다.

후회.

아마도 조만간에 그녀는 후회를 하게 될 것 같다.

하지만 그녀의 후회는 야랑의 결기 어린 경고에서 파생된 것이 아닌, 이런 상황을 만들기 전에 야랑을 풀어주지 못했다는 점에 있을 것이다.

여인의 감정으로 느껴본 첫 남자.

이젠 한 가닥 미련조차도 버려야 한다.

야랑은 이 청부에 연루된 모든 대상을 원수처럼 상대할 것이다.

*　　*　　*

담사연은 소유진이 떠난 후, 한동안 멍하니 장의자에 앉아 있었다. 맹표와 맹적은 그에게 형제나 다름없는 사람들. 그들의 죽음은 그에게 일차적인 책임이 있었다. 그가 동심맹의 요구대로 움직였다면 나중에야 어떻게 되더라도 적어도 지금 시점에서는 죽지 않았을 것이다.

그는 목갑을 열어봤다. 맹표와 맹적이 사이좋게 코를 붙이고 있었다. 표정은 목이 잘렸음에도 평소의 유쾌한 인상 그대로였다. 그는 맹표와 맹적의 인두를 손으로 만져봤다. 죽음에 익숙했던 그의 삶이다. 그래서 어지간해서는 죽음 앞에 감정이 흔들리지 않지만 이 둘의 죽음은 이상하게 그의 가슴을 맹렬하게 달구었다.

"미안합니다, 지켜주지 못해서……. 두 분의 죽음을 저는 잊지 않을 것입니다."

그는 일어섰다. 비로각 뒤로 돌아가 화원에 인두를 묻어두고 백마사를 빠져나왔다. 백마사를 벗어나 낙양 도심으로 걸어갈 때, 달아올랐던 그의 가슴은 차갑게 가라앉았다. 진정이 아니라 강제적인 감정 억제였다. 지금 심정이라면 그는 사람 하나 정도는 솜털만 한 죄책감도 없이 죽여 버릴 수 있을 것 같았다.

낙양 도심으로 들어온 그는 은신처 중의 한 곳으로 들어가 변복을 하고 북문으로 향했다. 오늘은 송태원과 만나기로 한 날이었다. 이추수의 전서를 읽어보았기에 결과는 이미 알고 있었다. 송태원은 무림 단체에 고발도 못했고, 강호의 여론을 모으지도 못했다. 그럼에도 그가 송태원을 만나려고 하는 까닭은 그렇게 된 경위를 알아보고자 함이었다. 송태원의 고발을 막은 사람들, 그자들 또한 이번 청부에 연루되었다고 봐도 무방했다.

낙양 북문.

송태원이 눈에 들어왔다. 화문당에서 입었던 백의 복장인데 그간 마음고생을 한 듯 안색이 상당히 초췌했다. 꼬리가 붙어 있을 것을 염려해 담사연은 북문에서 멀리 떨어져 송태원의 모습을 한동안 지켜봤다. 그리고 송태원이 혼자 왔다고 판단이 들자 북문 앞으로 다가갔다.

"아, 담 형. 오셨군요."

송태원의 인사에 그는 눈길만 한 번 주고는 굳은 얼굴로 제자리에 섰다.

그의 이런 모습에 송태원이 죄지은 사람처럼 고개를 숙였다.

"죄송합니다, 담 형. 담 형이 부탁한 일을 내가 제대로 처리하지 못했습니다. 실은 그렇게…….”

“결과는 설명하지 마십시오. 송 형이 일을 제대로 처리했다면 지금쯤, 강호는 화음에서 일어난 사건으로 인해 크게 논란이 벌어졌을 겁니다. 그리고 난 송 형에게 책임을 전가하지 않습니다. 송 형의 힘으로는 어차피 아무것도 할 수 없었을 것입니다.”

그는 송태원의 능력을 비하한다고 여겨질 정도로 냉정하게 이야기했다. 그의 이런 심정엔 맹표와 맹적의 죽음도 영향이 있었다.

“내가 지금 알고 싶은 건, 송 형의 움직임을 누가 막았느냐는 것입니다. 송 형은 이 일을 누구에게 최초로 고변했지요? 자잘한 설명은 하지 말고 인물만 밝히십시오.”

표정에 이어 어조도 확실히 이전과 다른 담사연이었다. 그의 이런 모습에 송태원이 은근히 견제의 눈빛을 보이며 답했다.

“태극검량 현악이십니다.”

“그자의 신분은 어떻게 됩니까?”

“내 스승이신 현명진인의 직계 사형입니다. 무당파의 장문인 태정거사의 수제자로서 오래전부터 무당파의 차기 장문인으로 예정된 분이십니다.”

무당파의 차기 장문인으로 내정된 존재.

속가제자에 불과한 송태원이 현악을 만나 화음의 사건을 고변했다면 나름으로 노력을 다했다고 할 수 있다. 송태원의 처지로서는 현악이라는 사문의 거목을 만나기도 버거웠을 것이다.

담사연은 송태원 노고에 관심을 두지 않았다. 그는 화음 사건의 강호 확산을 막은 인물이 현악이라는 점에 주목했다. 백마사 접선에서 소유진은 이 청부의 꼭대기에 자리한 이들을 가리켜 '구인회' 라고 하였다. 소유진이 중요한 정보를 은근히 흘린 이유는 모르지만 그가 생각하기로 구인회는 동심맹과 사충전의 암중 세력이 야합된 사조직이다. 현악도 아마 그 구인회에 속해 있을 것이다. 어쩌면 화연산과 궁마도 그 구인회에 속한 인물일지 모른다.

"그자는 지금 어디에 있지요?"

"그건… 그건……."

담사연은 대답을 망설이는 송태원을 진하게 노려봤다.

"그자가 막후에서 움직여 무림인들의 입을 막았습니다. 사문의 관계를 생각할 때가 아닙니다."

송태원이 반발하듯 강하게 대답했다.

"그분은 무당파의 장문인이 되실 분입니다!"

담사연은 눈매를 찌푸렸다. 어디에 있냐는 물음의 답이 아닌 것이다.

"그분도 죽이려고 하십니까?"

"……?"

"그분을 따르는 무당파 검사들도 점창파 제자들처럼 전부 죽일 것입니까?"

송태원의 이어진 말에서, 담사연은 송태원이 지금 무엇을 걱정하고 있는지 알게 됐다.

"담 형이 아비객이라는 사실을 알고 있습니다. 화음에서 점창파 검사들을 추적한 사람은 담 형뿐이니 저를 속이려고 하지 마십시오."

담사연은 반박하지 않았다. 오히려 더 세게 나갔다.

"그래서, 그게 문제됩니까? 송 형도 내가 자객이라는 사실에 사건의 본질을 외면하시려는 겁니까? 그렇다면 지금 내 눈앞에서 사라지십시오. 당신의 걱정처럼 나는 현악을 잡아 죄를 물을 것이고 그 과정에서 무당파의 검사들이 방해된다면 그들 또한 주저 없이 죽일 것입니다."

말 이후, 그는 등을 돌렸다. 말이 심했다는 것을 안다. 오늘은 평소와 다르게 감정의 자제가 안 되고 있었다.

송태원이 그의 등 뒤에서 말했다.

"주제 넘는 소리로 들리겠지만, 내가 화음에서 본 담 형은 생면부지인 아이들의 희생에 진심으로 가슴 아파하던 협객의 모습이었습니다. 담 형의 실수에 대해 그때도 내가 잔소리를 하긴 했지만 그건 생사를 다투는 무림인으로서 이해가 되는 대응이었습니다. 하지만 그 후 담 형이 점창파 제자들을 끝까지 추적해 살수를 펼친 것은 협객의 대응과는 거리가 먼 자객의 잔인한 복수 행각일 뿐입니다. 악인이든 선인이든 생은 누구에게나 고귀한 것입니다. 하물며 상부의 명에 따른 점창파의 젊은 검사들이 무슨 잘못이 있었겠습니까? 부디 감정을 자제하시어 협의로서 이 사건을 처리해 주시기 바랍니다."

근원적으로는 송태원의 말이 옳다. 담사연도 어린 시절에는 대의를 걷는 협객의 모습을 우상처럼 받들기도 했다. 그러나 그가 겪어본 무림은 적을 죽여야만 자신이 살아남는 비정한 전장이었고 또한 협의가 뿌리내린 정의로운 세계가 아닌, 강자의 권리 앞에 협객의 길은 어리석은 행위가 되는 무력제일주의의 쟁투장일 뿐이었다.

"송 형의 충고는 가슴에 새겨두겠습니다. 다만 전에도 말했듯 송 형과 나는 살아가는 방식이 다릅니다. 삶이 고귀한 것은 맞지만 누구에게나 평등하지는 않습니다. 나의 등엔 권력의 술수에 허무히 삶을 마친 전장의 영혼이 너무 많이 붙어 있습니다. 그들을 위해서라도 나는 부정한 권력자들에게 관용을 베풀지 않을 것입니다. 하면 나는 그만 떠나겠습니다. 송 형은 미래의 무림에서 꼭 필요한 존재가 될 것이니 항상 몸조심하시기 바랍니다."

담사연은 말을 마치고 곧장 걸어갔다. 송태원과 더는 인연을 맺을 일이 없다고 여겼는데 그게 그의 뜻대로 되지 않았다.

"담 형! 잠깐만, 잠시만 멈춰주십시오."

송태원이 뛰어왔다. 담사연은 걸음을 멈추고 뒤를 돌아봤다. 송태원이 품속에서 문서 한 장을 꺼냈다.

"담 형이 부탁한 일은 제대로 처리하지 못했지만, 그 대신 화음 사건의 원인에 대해서는 내가 알려줄 수 있을 것 같습니다. 중정당에서 파면된 포교관이 하나 있는데 그간 나와 뜻이 맞아 조사를 같이 해보았습니다. 읽어보시면 화음의 사건을 파악함에 도움이 되실 겁니다. 만약 사건 해결에 뜻이 있으시다면 열흘 후에 개봉 남문으로 나와주십시오."

담사연은 문서를 받아 말없이 품속에 넣고 앞으로 걸어갔다.

송태원과의 두 번째 만남.

만날 때마다 대립이 있지만 솔직히 기분은 나쁘지 않다.

측성대 청부에서 살아남는다면 어쩌면 세 번째 만남을 가질지도 모르겠다.

* * *

담사연은 숙소로 돌아와 송태원이 건네준 문서를 읽어봤다. 처음엔 그다지 기대를 하지 않았는데 막상 읽어보니 그게 아니었다. 청부 사건의 시작점. 이제까지의 사건이 하나로 이어지는 원인이 거기에 적혀 있었다.

〈화문당 수사 기록〉

사건 희생자 : 최소 백 명.

희생자 성별 : 십오 세 미만 나이의 여성.

희생자 공통 사안 : 현음지체.

사건의 원인 : 용자의 칼 화룡도.

사건의 배경: 전설에 따르면 활화산의 폭발 속에서 태어나는 화룡은 죽을 때에는 휴화산의 지저로 들어가 용암 속에서 그 존재를 완전히 태운다. 화룡도는 바로 그 용암 속에서 생을 마치기 직전에 화룡이 내뱉는 내단의 결정체이다. 화룡도는 인세의 어떤 법보보다도 신령하며 어떤 병기보다도 강력하다. 무인이 화룡도를 가지고 있으면 고금제일인이 될 수 있을 뿐 아니라 인체의 나쁜 기운을 모두 태워버릴 수 있어 신선처럼 무병장수할 수 있다. 화룡도 소유에 문제가 있다면, 화룡도의 열기를 인간의 신체가 감당하지 못하기에 아무도 손에 들 수 없다는 점이다. 화룡과 상극인 빙룡의 내단으로 만든 수갑을 착용하면 화룡도를 손에 들 수 있다고 하는데 빙룡 또한 일만 년에 한 번 출현하는 전설 속의 영물이기에 그런 방법은 없는 것이나 마찬가지다.

사건의 경위 추정 일(一): 백 년 전, 무림의 한 기인이 휴화산 지하에 잠들어 있는 화룡을 발견했음. 발견자가 남긴 말에 따르면 화룡이 생을 마치는 시기는 이번 해의 십이월이라고 함. 이에 화룡도를 쟁취하고자 당대 무림의 최고위층 아홉 명이 비밀리에 사조직을 결성했음. 구인회란 조직인데 정파와 사파의 인물이 뒤섞여 있다고 추정됨.

사건의 경위 추정 이(二): 구인회는 빙룡의 내단을 구할 수 없기에 화룡도의 열기를 극복할 수 있는 현실적 수단을 음한지기의 무공에서 찾았음. 그러나 모의실험 결과, 천하의 어떤 음한지기의 무공도 화룡도의 열기를 감당하지 못한다고 판명되었음. 이에 구인회는 이전의 계획을 폐기하고 음기이면서도 화기에 순응하는 매개체를 이용하는 대체 방법을 구했음. 그것이 바로 현음지화중화대법임.

사건의 경위 추정 삼(三): 현음지화중화대법은 현음지체의 여성이 매개체가 되어 화룡도의 화기를 순음의 기운으로 점차적으로 중화시키는 방법임. 화룡도의 열기를 감당하려면 아주 특별한 현음지체가 되어야 하는데 구인회는 매개체가 되는 대상을 성체, 또는 혈관음이라고 하였음. 혈관음이 어떤 방식으로 완성되는지는 알 수 없음. 다만 혈관음이 된 여성은 화룡도의 열기에 중화시키는 과정에서 육신이 산화될 것으로 추정됨. 화음 사건은 혈관음이 되지 못한 아이들을 폐기 처리한 것임.

사건의 잠재적 결론: 화룡도는 불가공법의 헛된 전설에 불과함. 확인되지 않은 전설을 현실화시키고자 백 명 이상의 여자아이를 희생

시킨 것은 무림의 중범죄임. 이러한 천인공노할 범죄를 무림의 최고 위층이 저질렀다는 점에서 문제는 더욱 심각함. 동심맹과 사중천의 지휘 구조는 현 시점에서 그다지 의미가 없음. 단체의 명령보다 사조직의 명이 우선됨. 최악의 경우 구인회가 무림의 전면에 대두될 수 있음. 이 경우 무림은 전란을 피할 수 없음. 따라서 지금이라도 정파와 사파의 협인들은 뜻을 하나로 모아 구인회의 준동을 막아야 한다고 판단됨.

문서는 송태원이 작성한 것으로 여겨지지 않았다. 이건 정보 계통의 전문가가 작성한 수사 기록물이었다. 내용도 그가 조사한 것 이상으로 실체에 다가서고 있었다.

누가 조사했을까?

작성자가 누구인지 궁금하지만 그는 일단 새롭게 밝혀진 사안에 우선적으로 집중했다.

제왕의 칼 화룡도.

이제까지의 사건은 모두 그것에 연유됐다. 화룡도를 쟁취하고자 구인회를 결성했고, 그 과정에서 어떤 문제가 발생해 비밀 청부를 하게 된 것이다. 진행된 상황으로 보았을 때 궁마는 구인회의 초기 회원이며, 아울러 궁마가 현음의 무공 소유자라는 점을 고려하면 현음지화중화대법을 시행함에 중책을 맡았을 것으로 추정된다. 그 궁마를 죽인 것은 구인회 내부에 알력이 생긴 때문일 수 있다. 화룡도는 하나. 주인도 하나. 문제가 발생할 소지는 다분하다. 어쩌면 측성대 청부 대상도 그런 점과 관련되었을 수 있다.

'화룡도… 이젠 그것마저 출현하는가?'

수사 작성자는 화룡도를 헛된 전설이라고 판단했지만 그의 생각은 달랐다. 불가공법 중 세 개가 이미 그의 삶에 얽혀 있었다. 그중 두 개는 그가 소유했고, 하나는 그의 형이 소유했다. 따라서 나머지 불가공법도 무림에 나오지 말란 법이 없었다.

다만 화룡도를 쟁취하기 위한 구인회의 수단이 천인공노할 중범죄라는 것에는 인식을 같이했다. 강호인의 존경을 받으며 막강한 권력을 행사해 온 위인들이었다. 그런 권력자들이 가장 밑바닥의 사람들을 상대로 이런 중범죄를 저지른다는 것은 절대로 용서가 안 되는 일이었다.

'어디까지… 어디까지 가야 하나?'

단화진의 청부에서 시작된 이 사건은 실체에 접근할수록 범위가 확대되고 있었다. 어쩌면 동심맹주가 끝이 아닐 수도 있었다. 그 경우 그는 진로를 두고 고민하지 않을 수 없었다. 그는 자객이지, 무림의 정의를 세우고자 깃발을 세워 올리는 일대 영웅이 아닌 것이다.

"아직은 거기까지 생각하지 말자. 지금은 눈앞에 닥친 청부가 우선이야."

그는 동심맹주 그 이상으로 범위를 확대하는 것을 보류했다. 사건을 파헤치든 복수를 하든 내일 있을 측성대 청부를 무사히 마쳐야만 그다음의 진행이 가능했다. 맹표와 맹적의 목이 오늘 잘린 것처럼 내일의 청부에 나서지 않거나, 청부에 실패한다면 그 즉시 풍월관주와 형의 목숨도 사라진다. 두 사람의 목숨으로 동심맹주의 하수인이 될 생각은 없지만 지금은 일단 두 사람을 구하는 것에 최선을 다해야 함이었다. 물론 최악의 경우에는 그들의 희생을 감수하고 구인회와 맞설 것이다.

그는 그간 나름으로 최상의 결과를 도출하는 측성대 청부를 준비해 왔다. 동심맹의 지원을 거부했지만 그렇다고 그 홀로 청부를 진행하기에는 너무 벅찼다. 그래서 그를 도와줄 수 있는 최소한의 지인들을 찾았고, 그들과 함께 측성대 청부 작전을 세웠다. 그 작전의 시작은 바로 오늘 밤부터였다.

담사연은 실내를 돌아본 후 준비물을 챙겨 숙소를 나왔다.

동심맹의 두 번째 청부, 측성대 저격 작전.

그는 신분을 위장해 그곳에 침투할 것이고 그 신분은 청부가 끝날 때까지 누구에게도 드러나지 않을 것이다.

4장

측성대 저격 작전

십일월 십칠 일 축시, 미수연 여섯 시진 전.

그는 어둠 속에 있다. 어둠과 그는 분리되지 않는다. 그는 눈빛조차 암흑일 정도로 어둠에 동화되어 있다.

사실, 그는 밝음보다 어둠의 활동에 더 익숙하다. 기억하기로 그는 어둠 속에서 서른아홉 명의 적병을 저격한 적이 있다. 그때 그는 마지막 적을 처단하기까지 누구에게도 자신의 모습을 보여주지 않았다.

그가 지금 어둠 속에 있는 이유도 저격과 연관되어 있다. 표적이 그가 머물고 있는 어둠 앞으로 다가온다. 그는 지난

닷새 동안 표적을 비밀리에 관찰했다. 어둠 속에서 표적의 모습을 단순히 지켜본 것만은 아니다. 그는 관찰 기간 내내 표적의 일상과 행동 모습, 습관에 관한 모든 점을 조사하고 숙지했다. 오늘은 그 지루했던 관찰 과정을 끝낼 시점이다.

표적이 그가 머물고 있는 어둠 앞을 지나간다. 그는 표적의 등을 향해 손을 내민다. 어둠을 밝히는 빛이 손가락에서 나온다. 표적이 멈칫하지만 더 이상의 저항은 없다. 그는 쓰러진 표적을 자루에 담아 어깨에 짊어지고 어둠 속을 걸어간다.

십일월 십칠 일 진시, 미수연 세 시진 전.

그는 거울을 보며 얼굴을 만지고 있다. 원래의 자기 얼굴이 아닌 표적의 모습이다. 바뀐 모습은 만족스럽다. 상처는커녕 원래의 얼굴처럼 피부가 탄력적이다.

"명심하게. 인피의 효력은 한나절이네. 그 시간이 지나면 인피는 자네의 원래 피부와 마찰을 일으켜 색이 변할 것이네."

"한나절이면 충분합니다. 저도 이 얼굴을 오래 보고 싶은 생각이 없습니다."

그는 거울 뒤로 돌아선다. 그의 눈앞에는 사십 대의 남자가 서 있다. 신강의 전장에서 독극물 처리를 전담했던 활인귀수 나용이다. 나용은 용병이 아닌 중무련의 정식 간부로 신강의 전장에 파견되었는데 독극물 처리 능력 이외에도 인피 제작에 탁월한 솜씨를 자랑했다.

"자네를 믿기에 도와주긴 했지만, 정말… 정말로 그 일을 할 생각인가?"

"염려 마십시오. 설령 내가 잡힌들 나용 형님에 대해서 발설을 하겠습니까?"

"그런 뜻이 아니란 걸 자네도 잘 알고 있지 않는가? 자네가 하려는 행위는 무림의 기존 권력을 뒤엎는 일이네. 청부의 정당성을 떠나서 자네는 무림의 공적으로 몰릴 것이네."

"상관없습니다. 지금도 지옥에서 온 악귀로 소문났는데 나빠져 봐야 여기서 얼마나 더 나빠지겠습니까? 참, 그보다 형님 솜씨는 여전합니다. 당장 현역으로 복귀해도 되겠습니다."

그는 서로에게 부담되는 대화를 하지 않고자 말을 돌린다. 나용이 그의 이런 모습을 보며 고개를 흔든다. 어려운 상황일수록 더 적극적으로 부딪친다. 예전이나 지금이나 그 성향은 변함이 없다.

"현역이라니, 끔찍한 소리하지 말게. 내 혀를 물고 죽는 한이 있어도 그 지옥으로는 안 돌아가네."

"후후."

그도 웃고 나용도 웃는다. 웃음 안에는 서로의 안전을 걱정하는 진심이 들어 있다.

"야랑을 믿네. 이왕에 하는 것 크게 한번 사고를 치게. 내 마음으로나마 적극 응원하겠네."

"고맙습니다. 하면 이다음에 인피 값으로 화주 한 병을 들고 오겠습니다."

그는 돌아서서 문을 나간다.

나용이 문 앞까지 뒤따라 나와 마지막 말을 전한다.

"그곳에 가거든 육주관마 상관호를 조심하게. 관마는 군자성의 요청으로 미수연의 경호경비를 책임 총괄하는데 눈이 세 개라고 불릴 정도로 관찰력이 대단하네. 그자와 가까운 거리에서 눈을 마주칠 경우 어쩌면 자네의 정체가 탄로 날 수 있네."

관마 상관호.

그자에 대해서는 이미 충분히 파악해 둔 상태다. 어떻게 상대해야 하는지도 안다.

그는 묘한 미소를 보이며 걸어간다.

방향은 성검산장이다.

십일월 십칠 일 사시, 미수연 두 시진 전.

육주관마 상관호는 하남성 정주의 유명한 무림 세가 상관가문의 후예이다. 상관세가는 대대로 정파에 가까운 성향이었기에 그가 가문의 비전 태강십결을 대성하고 무림에 나왔을 때 강호인들은 상관호가 동심맹에서 활동을 하리라 여겼다. 하지만 그는 강호인들의 예상과 다르게 사중천에 몸담았고, 그곳에서 경이로운 전과를 올리며 사중십마의 자리를 꿰찼다.

사중천에서 활동할 당시 상관호는 정파인들보다 더 엄격하고 더 올곧게 처신했다. 그래서 청성파의 일엽과 비교해 사파의 판관, 사중판관이란 명성을 얻었는데 무림인들이 그런 식으로 활동할 것 같았으면 왜 하필 사중천에 들어갔느냐고 물어보자 그는 정파 권력을 비판하는 말로 답을 대신했다.

"지금의 정파는 독선과 아집에 물든 권력 단체이지, 제대로 된 정파가 아니야. 특히 구파는 자신들 외에 다른 존재가 정파의 꼭대기에 있는 것을 용납하지 않아. 그래서 정도구파의 구도를 흔들 잠재적 경쟁자라고 판단되면 패당을 모아 방해하거나 또는 은밀한 뒷수작으로 상대를 일찍 도태시키지. 상황이 그러한데 내가 거길 들어가서 뭘 어떻게 하겠어?"

군자성이 미수연의 경호경비를 맡아 달라고 요청했을 때 상관호가 흔쾌히 수락한 이유도 기존의 무림 권력을 배척했던 바로 그런 성향 때문이었다.

상관호는 군자성의 요청을 받은 그날, 사중판관이라는 명성답게 무림 중립을 선언하곤 미수연의 경호경비에 나설 특별경비단을 조직했다.

사중천과 동심맹은 상관호의 이러한 행보에 별다른 반대를 표출하지 않았다. 무림맹의 권력을 두고 정파의 사파가 첨예하게 부딪치는 미수연 자리였다. 무력 충돌의 위험성이 도사리고 있는 자리에서 상관호만큼 중간 관리자 역할을 잘 맡아줄 위인이 없다고 나름 판단한 것이다.

미수연의 날, 상관호는 동이 트기 무섭게 성검산장 일대를 순시하며 미수연 행사의 경비를 점검했다. 현재 성검산장은 각지에서 올라온 무인들로 일대 성시를 이루고 있었다. 일견하기에도 일천 명이 넘어가는 숫자인데, 아직 이곳에 도착하지 않은 무인들, 그리고 도착은 했지만 현장에 실체를 드러내지 않은 무인들, 그 모두를 고려해 보면 오늘 성검산장에 집결될 무림 병력은 오천 명도 훨씬 넘길 것으로 추정이 되고 있었다.

"출입을 엄격히 통제해라. 신분 명패가 없는 무인은 어느 누구도 측성대로 접근시켜서는 안 된다."

상관호는 성검산장을 돌아다니며 특경단원들에게 경비 임무를 각인시켰다. 그로선 무림인들의 대단위 집결이 아주 불편했다. 미수연에 초청된 거물급 인사들은 하나같이 자기 세력을 과시하기 위해 소속 무인들을 대량으로 이끌고 왔다. 이질적으로 뒤섞인 무인들. 종파도 다르고 성분도 다르다. 그

때문에 현재 이곳은 조그만 충돌에도 집단 싸움으로 확전될 위험한 장소가 되어 있었다.

성검산장 일대를 둘러본 상관호는 측성대로 향했다. 현재 측성대 이십 장 안으로는 무인들의 진입이 금지되어 있었다. 신분 명패가 있는 무인들도 예외가 아니었다. 그 안으로 들어가려면 미수연 초청장을 반드시 소지하고 있어야 했다.

성검산장에서는 미수연 행사를 임함에 모두 팔십 장의 초청장을 무림에 날렸다. 이십 장은 행사 진행자들 또는 군자성과 개인적으로 연을 맺은 일반인의 몫이었고, 나머지 육십 장은 정파와 사파에 공평히 삼십 장씩 분배해서 보냈다. 그중 상관호가 견제하는 대상은 무림맹 결성을 최종 합의하는 육십 명의 거물급 무림인이었다.

육십 명을 중점 관리하면 된다고 생각하면 경호경비가 어려운 일은 아니지만 그 육십 명이 무림의 특급 고수라는 것을 고려하면 결코 간단한 일이 아니었다. 육십 명 중에는 상관호 자신조차 상대하기 버거운 절정 무인들이 있었다.

게다가 종파가 서로 다르기에 위험인물이라 판단되어도 함부로 조사를 할 수 없었다. 그래서 상관호는 어젯밤 정파 무인들을 상대할 조력자를 비밀리에 구해 만남의 약속을 잡았다. 그 조력자가 지금 측성대 아래에 대기해 있었다.

"일엽 선배, 오랜만에 뵙습니다. 건강하시지요?"

상관호는 조력자 앞으로 걸어가 정중히 포권했다. 조력자는 정파의 판관이라 불리는 청성지존 일엽이었다. 일엽은 정파인 중에서 상관호가 믿을 수 있는 유일한 인물인데 예전에 상관호는 오주독마의 사건 처리를 두고 일엽과 부딪쳐 본 일이 있었다. 당시 일엽에게 머리카락이 잘린 수모를 당한 오주독마 희적세는 상관호에게 도움을 요청했고, 그 사건을 조사해 본 상관호는 그건 오주독마의 잘못이라며 오히려 일엽에게 공손히 사과해서 강호에 큰 화제가 되었었다.

일엽은 별도의 인사말 없이 바로 안건을 꺼냈다.

"상관 아우의 청을 받아주긴 하겠는데 정파의 외인으로 낙인찍힌 노도가 과연 무슨 도움이 될까?"

"정파의 외인이시라니요. 염라판관이라 불리시는 선배님입니다. 선배님이 저와 함께 이번 일을 관리하시면 어느 누가 감히 불손한 행동을 할 수 있겠습니까?"

상관호는 일엽에게 선배라고 깍듯이 존대했다. 일엽도 그다지 나쁜 기분은 아닌 듯 희미한 미소를 지어 보였다. 무림맹 결성은 구권력을 타파하고 신권력을 만들어내는 출발점이다. 정파와 사파에서 자기 자리를 찾지 못한 상관호와 일엽으로서는 서로의 이해가 맞아떨어졌다고 해야 한다.

"알겠네. 하면 내가 무엇을 하면 되겠는가? 상관 아우도 알다시피 나는 동심맹은 물론이요, 사중천과도 악연이 많은 사람일세. 미수연에 내가 참석하면 견제가 아주 심할 걸세."

"측성대 연단에는 제가 올라가겠습니다. 선배님은 그냥 이곳에 있어주시면 됩니다."

머물러 달라는 것. 아무것도 하지 말라는 것이 아니다. 측성대 아래에서 무인들을 일차적으로 감시해 달라는 뜻이다. 일엽의 경륜과 능력이라면 연단에 오르는 무인들을 단지 지켜보는 것만으로도 그 일을 충분히 수행할 수 있을 터다.

일엽이 상관호의 말을 진중히 생각해 보곤 물었다.

"내가 왜 그래야 하는지 아직 이유를 설명하지 않았네. 미수연에 문제가 있는 건가?"

상관호는 숨김없이 사실대로 말했다.

"실은, 오늘… 오늘 저격 암살이 벌어진다는 위급한 정보가 있었습니다."

상관호의 말은 간단히 여길 사안이 아니었다. 무림의 절정고수들이 총집결하는 자리이다. 그런 자리에서 어떤 자객이 감히 암살을 감행한다는 말인가.

"확실한 정보인가?"

"정보 제공자의 정체는 밝힐 수 없지만 허튼 소리를 할 위인이 아니라는 것은 제가 확실히 보장합니다."

상관호의 입에서 보장이라는 말이 나왔다. 그만큼 정보에 신뢰성이 있다는 뜻이다.

일엽이 다시 물었다.

"저격 대상은 누구인가?"

"아직 모릅니다."

"자객의 정체는 아는가?"

"그것 역시 모릅니다. 다만, 측성대 저격을 감행할 자객은 현 강호에서 몇 명 되지 않는다고 판단됩니다."

일엽이 잠깐 생각해 보고 물었다.

"아비객도 그 안에 해당되겠지?"

"물론입니다."

일엽이 결정했다.

"알겠네. 내 상관 아우를 도와 오늘의 일에 나서겠네. 자네도 알겠지만 무림맹은 반드시 결성되어야 하네. 이번에 정파와 사파가 하나로 합쳐지지 않으면 쟁금법이 무용지물이 되는 시대가 올지도 모르네."

"걱정 마십시오. 무림맹은 반드시 결성될 것입니다."

말 이후 일엽과 상관호는 동시에 포권했다. 소속과 종파는 달라도 하나된 무림을 지향하는 뜻은 같다. 상관호로서는 천군만마를 얻은 심정이다.

십일월 십칠 일 오시, 미수연 한 시진 전.

그는 측성대로 향하고 있다. 걸어가는 주변에 무인들이 가득하지만 그를 눈여겨보는 사람은 없다. 그의 변장과 변복은 허점이 전혀 없다. 그는 동심맹의 무인들 속을 지나갈 때면 정파의 무인이 되고 사중천을 지나갈 때면 사파의 무인이 된다.

그가 의도적으로 연출하는 것은 아니다. 비범함을 감춘 평범한 일상. 그의 이런 능력은 어쩌면 타고난 것인지도 모른다. 신강에서도 그랬다. 척후조로 활동할 때 적진 잠입에 고심하는 전우들과 다르게 그는 간단한 변장으로 어렵지 않게 적진 속에 스며들었다. 광마를 저격 척살할 때 신마교의 진영을 한나절 동안 헤집고 다녔지만 어느 누구에게도 정체가 발각되지 않았다.

측성대 연단 이십 장 지점에서 그는 잠시 발걸음을 멈춘다. 안면이 있는 사람이 눈앞에서 걸어오고 있다. 궁마의 장례식장에서 그를 곤혹하게 했던 노도장, 단화진의 사부였던 위인이다. 긴장하는 모습을 보여서는 안 된다. 그렇다고 아무렇지 않게 지나가서도 안 된다. 요는 자연스러움이다. 보통의 사람들처럼 적당히 긴장한 심정으로 일엽을 접해야 한다.

"수고하십니다."

"……."

일엽이 그를 가만히 바라본다. 그는 가볍게 고개를 숙이곤 노도장을 지나간다. 등줄기가 서늘하지만 걸음걸이는 흐트러지지 않는다. 그렇게 오십 보 정도를 걸어간 다음 그는 슬쩍 뒤돌아본다. 오십 보 저 멀리, 오 척 단신의 어떤 남자와 대면하고 있는 일엽의 모습이 보인다.

"휴."

긴장이 풀린 숨결이 그의 입에서 흘러나온다. 청성지존 일엽. 이상하다 싶을 정도로 그는 일엽과 자주 부딪친다. 어쩌면 이 만남은 측성대 저격의 위험성을 알리는 징조일지 모른다.

그는 측성대를 올려다본다. 측성대는 오 층으로 축조된 연단이다. 측성대 삼 층에는 사관모를 착용한 남의 무인이 올라서 있다. 남의인이 누구인지는 잘 알고 있다. 매의 눈을 가졌다는 사중판관 육주관마 상관호이다.

십일월 십칠 일 미시, 미수연 한 식경 전.

해검지는 측성대를 오르는 무인들이 무장을 해제하는 장소이다. 측성대 삼 층에 만들어져 있는데 미수연 참석자들은 신분 고하를 막론하고 이곳에 병기를 내려놓아야 한다.

상관호는 바로 그곳, 해검지 앞에서 미수연 참석자들을 관찰했다. 참석자들의 상당수와 알고 지낸 사이이지만 오늘은 오직 공적으로만 상대했다. 그 때문에 조금 전 측성대에 올라온 오주독마 희적세도 낭패를 보았다.

그는 희적세의 섭선을 해검지에 내려놓을 것을 요구했다. 희적세의 섭선, 파공선은 평소에는 부채로 사용되지만 전투 상황에서는 오독연침이 발사되는 극히 위험한 무기였다. 예전에 희적세는 섭선에 그런 암기가 장치된 것을 자랑하듯 상관호에게 말해주었는데 상관호가 그것을 기억해 내곤 파공선을 해검지에 내려놓으라고 명한 것이다. 희적세의 섭선은 오늘 이후로 더는 비밀스러운 무기가 될 수 없을 것이다.

해검지 무장 해제는 정파와 사파 간에 합의된 사안이기에 상관호가 강제적으로 나설 문제는 발생하지 않았다. 상관호를 난감하게 하는 일은 미수연 참석률이 예상보다 저조하다는 것에 있었다.

일반인 초청자는 대부분 참석했지만 무림맹 결성 합의에 영향을 끼치는 고위인사 중 일부가 측성대에 올라오지 않았다. 특히 이런 점은 정파 인물들에게서 두드러졌다. 낙양과 가까운 거리임에도 불구하고 소림사 장문인이 참석하지 않았다. 강남의 오대방파는 대리인조차 미수연에 보내지 않았다. 무당파 같은 경우엔 장문인 대신 현악이 개인 자격으로 미수연에 참석했다.

"흐음."

상관호는 이런 결과가 불만스러웠다. 참석하지 않은 정파 인물들의 성향을 보면 그들은 동심맹주 매불립의 무림 정책을 지지하지 않는 무림인이었다. 이는 역설적으로 말해 동심맹주 매불립의 친위 세력만이 정파를 대표해 미수연 회담에 나왔다고 할 수 있었다. 이런 식으로는 진정한 무림맹이 결성될 수 없었다. 이건 구권력이 무림맹의 신권력으로 변질되는 것일 뿐이었다.

'그래서 군자성을 지켜야 돼.'

상관호가 생각하기로 자객의 암살 시도가 있다면 그 대상은 군자성이 유력했다. 무림맹 결성을 주창한 군자성의 영도력이 아직은 건재했다. 군자성도 동심맹과 사중천의 야합으로 무림맹이 결성되기를 원하지 않고 있을 것이었다.

상관호는 내심을 다지며 측성대 오 층을 돌아봤다. 미수연이 임박했거늘 사중천주 여불청과 동심맹주 매불립이 아직 측성대에 오르지 않았다. 보고에 의하면 여불청과 매불립은 이미 한참 전에 성검산장에 도착했다. 그들이 아직 측성대에 오르지 않은 것은 다른 어떤 이유보다 자존심 싸움이라고 봐야 했다.

'마지막 순번으로 올라오겠다는 건가? 하! 애들도 아니고…….'

미수연 행사 개시까지 반각 정도 남았을 때 두 거물 중에서 한 존재가 측성대 일 층에 모습을 드러냈다. 백의를 입은 노검사. 동심맹주 매불립이었다. 매불립의 뒤에는 조순이 자리해 있었다.

무림인들의 주목 속에서 매불립이 측성대로 올라왔다. 오 층의 연회석에 자리한 정파 무인들은 전원 기립해서 맹주를 맞이하는 예를 갖추었다.

상관호는 매불립이 측성대 삼 층에 올라오자 목례 없이 눈짓으로 걸음을 막았다.

"무장을 해제하시오. 예외는 없소이다."

"흐음."

매불립이 상관호를 진중히 응시했다. 정파 최고 권력자의 눈빛이다. 상관호가 아닌 보통의 사람이었다면 마주 보는 것으로도 위압이 되었을 것이다.

매불립을 대신해 조순이 나섰다.

"동심맹의 맹주님이십니다. 상관 공은 예의를 지켜주시기 바랍니다."

"무림맹이 결성되지도 않았는데 벌써 맹주의 예를 바라는 건가?"

상관호의 언사가 다소 거칠어졌다. 목소리도 이전보다 더 높았다. 그러자 오 층에 자리한 정파 무인들이 일제히 상관호를 향해 예를 지키라고 소리쳤다. 반대로 사파 인물들은 상관호를 두둔하는 말로 정파인들의 항의에 맞섰다.

매불립이 손을 살짝 들었다. 오 층의 정파 무인들 소요가 진정됐다.

"내가 합의한 규칙이다. 당연히 나도 지켜야 한다."

말에 이어 매불립은 허리의 장검, 천수검을 풀어 해검지에 올렸다. 천수검은 매불립이 무림에 나온 후로 늘 소지했던 애병이다. 타인의 강요로 천수검을 풀어낸 것은 매불립의 인생에서 이번이 처음일 터다.

"상관세가는 호랑이를 낳아 늑대 굴에서 키웠어. 늑대가 아닌 호랑이가 되고 싶다면 본인이 잘 판단해서 진로를 결정하시게."

매불립이 의미 깊은 말을 남기곤 측성대 오 층으로 올라갔다.

남은 사람은 이제 사중천주.

사중천주 여불청은 매불립이 연회장으로 올라가자 측성대 일 층에 모습을 드러냈다. 수행원은 없었다. 구마존자 이능조차 동행하지 않았다. 주변의 분위기도 동심맹주가 등장했을 때와 많이 달랐다. 장검을 대각으로 등에 장착한 사중천주의 모습에 측성대 일대의 무림인들이 숨을 죽였다.

일주검마 여불청은 사파의 절대자이기 이전에 한 자루 검으로 구파 시대의 천하 구도를 깨어버린 무림의 영웅이었다. 일반인의 입장에서 보면 여불청은 정파의 전폭적인 지원 아래 동심맹주로 올라선 매불립보다 무림의 존재감이 훨씬 더

켰다.

장내가 숨을 죽인 가운데 사중천주가 측성대로 올라왔다. 여불청은 삼 층 해검지 앞에서 잠시 걸음을 멈춰 상관호를 응시했다. 상관호도 이때만큼은 긴장하는 모습을 보였다.

"상관 아우를 믿네. 부디 나를 실망시키지 말게."

여불청은 말 다음으로 애검, 묵사검을 풀어 해검지에 올리고 측성대 오 층으로 올라갔다. 상관호는 여불청의 그런 모습을 지켜볼 뿐 아무런 말을 하지 않았다.

매불립과 여불청이 미수연 연회장에 들어갔다.

이제 올 사람은 전부 다 왔다고 할 수 있다.

상관호는 마지막으로 측성대 아래를 돌아봤다. 그때 누군가가 측성대로 다급히 뛰어올라 왔다. 상관호의 직속 수하이자 특경단의 부단주인 왕영이었다.

해검지로 올라온 왕영은 다른 말없이 밀지 한 장을 꺼내 상관호에게 건넸다.

솔개 인장이 찍힌 밀지.

독심당 안에서 천하를 꿰뚫어 본다는 사파 최고의 두뇌가 보낸 밀지다.

저격이 있을 것이라는 정보도 이 밀지를 통해 받았다.

상관호는 밀지를 펼쳐봤다.

측성대 미수연에 자객이 잠입했음!

정보 신뢰 십 할!

자객은 현 시각 미수연 무림인 좌석 배치도를 정확히 맞추고 있음!

"응?"

밀지를 읽어본 상관호는 깜짝 놀랐다.

자객이 어떻게 측성대에 올라갈 수 있었다는 말인가. 그가 직접 측성대 삼 층을 지키고 있었지 않은가? 제아무리 경공술이 대단해도 그의 눈을 피해 측성대 오 층으로 올라갈 수는 없다. 미수연 연회장으로 올라가려면 반드시 이곳 해검지를 지나가야 한다.

'믿지 않을 수 없다. 정보 전달자가 이능이다.'

상관호는 불신의 심정을 접고 현실 대처에 나섰다. 이능이 전해준 정보였다. 이능은 허튼소리를 하거나 잘못된 정보로 장난을 칠 위인이 절대 아니었다. 그는 뒤돌아 측성대 오 층으로 올라갔다. 올라가는 중에 그는 정신을 집중해 먼저 올라간 무림인들을 뇌리에 떠올렸다.

'연회 진행자 열두 명 외에 해검지를 지나간 사람은 전부 예순아홉 명, 그중 일반인 참석자는 스무 명, 무림인은 마흔아홉 명. 누구인가? 그들 중에 누가 자객인가?'

자객을 놓친 실수가 있었지만 이대로 자책만 하고 있을 수는 없었다. 이전 상황을 되돌아보며 집중력과 관찰력으로 자객을 찾아내야 했다. 그가 의문의 자객을 찾아내지 못한다면 그땐 미수연 연회도 무림맹 결성도 물거품이 되어버릴 것이다.

십일월 십칠일 미시, 미수연 시작.

그는 미수연 참석자들을 돌아보고 있다. 미수연은 좀 전에 시작됐다. 풍악이 울리는 가운데 참석자들은 미수연 단상을 향해 축하의 인사를 전하고 있다. 일반인은 그의 저격 대상이 아니다. 그는 연회 단상에 자리한 무림인들을 집중적으로 살펴보고 있다.

연회장의 중심에는 얼굴에 주름살이 가득한 노부부가 앉아 있다. 노부부 중의 화의인은 저격 대상으로 유력한 군자성이다. 군자성의 좌측으로는 동심맹 소속의 무림인들이 앉아 있고, 우측으로는 사충천의 무인들이 자리해 있다. 정파 무림인은 스물두 명, 사파 무림인은 스물일곱 명인데 일반인들의 축하 분위기와 다르게 무림인들은 정파와 사파로 갈린 채 서로의 눈길을 회피할 정도로 신경이 곤두서 있다.

'이건 아냐. 무언가 잘못됐어!'

무림인들을 돌아본 그는 적잖이 당혹스럽다. 저격 대상이 군자성이라고 생각했거늘 군자성은 청색 목도리, 청건을 목에 두르지 않고 있다.

군자성이 아니라면 저격 대상은 대체 누구인가?

사중천주를 포함한 나머지 무인들 중에서도 청건을 두른 인물이 없지 않은가?

'뭐지? 청부가 무산되었다는 건가?'

그는 혼란한 심정으로 조순의 모습을 살펴본다. 겉보기에 조순은 아주 평온하다. 좌우의 무림인에게 무언가 귓속말을 전하며 웃는 여유도 보인다.

'곤란해하는 반응이 아니야. 그렇다면 이런 상황 또한 조순의 저격 수순에 포함되었다는 건가?'

그는 조순을 살펴보던 눈을 급히 돌린다. 조순이 그가 위치한 방향으로 눈길을 돌리고 있다.

조순의 눈길이 지나간 다음 그는 사중천주를 바라본다. 사중천주는 무표정한 얼굴로 자리에 앉아 있다. 더 이상의 파악은 하지 못한다. 그는 사중천주의 눈을 제대로 쳐다볼 수가 없다. 눈을 마주치면 단번에 정체가 드러날 것 같은 기분이다.

'저격 시각은 미시. 시각을 정확히 지정하지 않았으니 미시가 지날 때까지는 일단 대기하고 있어야 해.'

생각 중에 그는 눈길을 측성대 아래로 돌린다. 연회장으로 상관호가 올라오고 있다.

상기된 표정의 상관호.

오늘의 연회에 대해 무언가 알아차린 것 같은 표정이다.

그는 상관호의 움직임을 보며 눈을 빛냈다.

저격 작전이 시작됐다.

이젠 죽이 되든 밥이 되든 저격에 나설 준비를 해두어야 한다.

십일월 십칠 일 미시, 미수연 일각.

측성대 오 층으로 올라온 상관호는 가장 먼저 군자성 주변의 무림인들을 살펴봤다. 그러나 원거리에서 단지 외형을 살펴보는 것으로는 자객을 찾아낼 수 없었다. 자세히 알아보려면 해검지에서 무장 해제하던 기억을 떠올리며 그들과 일일이 마주해 보아야 했다.

자객의 변장 잠입이 아니라는 것은 일단 제외해 두었다. 정파이든 사파이든 무인이 실제 신분을 드러낸 상태에서 자객으로 나선다는 것은 그가 생각하기로 자살행위나 다름없었다. 이 자리에 모인 무림인들은 명성과 더불어 지역에서 부와 권력을 공고히 뿌리내린 자였다. 저격의 성공 여부를 떠나서 자객으로 나선다면 그 대상은 강호의 공적으로 몰려 그가 가진 모든 것을 잃게 될 것이다.

'자기 몫을 지키기도 급급한 놈들이야. 저들이 직접 자객으로 나설 가능성은 없어. 하면?

상관호는 무림인들을 보던 시선을 연회장 단상 아래의 일반인들에게 돌렸다.

악사 다섯. 술과 음식을 전하는 보조원 일곱. 군자성과 개인적인 연을 맺은 일반인 초청자 스무 명.

외형을 살펴보는 것만으로 자객을 찾아내기란 여전히 어렵다.

가장 확실한 수단은 직접적인 수색이다.

미수연을 중단시키고 대상과 직접 대면해서 하나하나 조사해 보는 것이다.

단점은 미수연의 분위기를 망치는 행위가 될 수 있다는 것.

상관호가 결단을 두고 잠시 고심하고 있을 때 왕영이 연회장으로 올라와 이능의 밀지를 다시 전했다.

직접적인 수색을 보류해 줄 것.

자객이 저격에 나서는 현장을 잡아야 함.

확증 없이 수색에 들어가면 무림맹 결성의 회담을 의도적으로 망쳤다며 동심맹의 역공을 받을 것임!

이능은 그가 무엇을 하려는지 알고 있었다. 놀랄 일은 아니었다. 이능의 능력이라면 현재의 상황을 능히 짐작했을 것이다.

상관호는 다시금 차분히 생각해 봤다. 이능의 주장이 옳다고 판단된다. 자객의 잠입을 증명할 게 아무것도 없는 지금, 섣불리 나서면 무림인들의 반발에 수색은커녕 이도저도 아닌 상황에 처할 수 있다. 어쩌면 이 모두가 무림맹의 결성을 방해하려는 동심맹의 계략일 수 있다. 천기당의 조순이라면 이런 일을 능히 꾸미고도 남는다.

'일단 의심스러운 대상들을 찾아. 그런 다음 진행 상황을 지켜보는 거야.'

생각을 결정한 상관호는 일반인들의 좌석으로 다가가 은밀한 수색에 들어갔다.

가장 먼저 접한 대상은 비파를 치고 있는 사십 대의 남자 악사.

"으음."

상관호는 내심 고개를 저었다.

'이자는 아냐. 무인의 손이 아닌 악사의 손이야.'

십일월 십칠 일 미시, 미수연 한 식경 경과.

무림맹 결성을 두고 정파와 사파의 회담이 시작됐다. 여러 안건 중에서 정파와 사파가 가장 첨예하게 부딪친 것은 무림맹의 권력 구조와 거기에 따른 맹주 선출 방식이었다.

사중천은 강자존의 무림 법칙을 내세워 맹주 중심의 유일 지도체제를 들고 나왔고 동심맹은 맹주를 보좌하는 열여덟 명의 무림대군, 십팔대군의 집단지도체제를 주장했다. 두 방식 모두 장단점이 있는 권력 구조인데, 그렇게 주장이 갈린 이면에는 최고 권력을 잡기 위한 정파와 사파의 이해관계가 얽혀 있었다.

사중천의 방식으로 하면 여불청이 맹주에 오를 가능성이 높고, 동심맹의 방식으로 하면 전통의 대문파를 많이 아우른 매불립이 맹주 자리를 차지할 가능성이 높았다. 무림맹의 초기 권력을 잡는 일은 정파와 사파의 운명이 걸린 핵심 사안. 그 때문에 이 사안에서만큼은 동심맹도 사중천도 일절 물러서지 않았다.

양보가 없는 논의인 탓에 회담장의 분위기는 갈수록 거칠어졌다. 언성도 높았고 서로 간에 막말도 오갔다. 그리고 급기야는 권력구조의 안건과 관련 없는 사건을 들먹이며 충돌 일보 직전까지 치달았다.

"이따위로 할 것 같으면 무림맹이고 뭐고 다 그만두자. 정인군자인 척 온갖 유세를 떨다가 상대가 뒤돌아서면 등에 칼 꽂아대는 비열한 놈들하고 우리가 무슨 통합을 해."

"놈이라니! 비열하다니! 추산은 말조심하시오."

"왜 내가 못할 말 했어? 동심맹이 자객을 보내 궁마를 저격

한 것을 우리가 모를 줄 알아?"

"닥치시오! 동심맹이 뭐가 아쉬워서 자객을 보낸단 말이오!"

사중천의 팔주권마 제추산과 공동파 장문인 적송자가 원색적으로 다퉜다. 뿐만 아니라 그들에 이어 사중천 서열 십삼위 집사단주 하진충과 동심맹주의 든든한 후원 세력, 황보세가의 가주 황보염도 격렬하게 부딪쳤다.

"흥! 궁마를 저격한 자객이 사망탑에서 나왔다는 증거가 있거늘, 언제까지 그 사건을 숨기려고 해!"

"생각 없는 사람! 뇌가 있으면 조금만 굴려보시오. 아비객이 검신을 죽였소. 한데도 우리가 자객을 궁마에게 보냈다고 생각하는 거요?"

"뭐라, 뇌를 굴려? 이것들이 진짜!"

하진충이 붉어진 얼굴로 벌떡 일어섰다. 황보염도 이에 질세라 자리에서 일어났다. 이건 기세의 싸움이다. 정파와 사파의 다른 무인들도 와르르 일어나 맞섰다. 사중천주와 동심맹주를 제외한다면 이런 분위기에 휩쓸리지 않은 무림인은 조순이 유일하다.

조순이 마지막으로 자리에서 일어나 중재에 나섰다.

"측성대 연단 아래에서 강호인들이 지켜보고 있습니다. 모두 감정을 자제해 주시기 바랍니다. 본인은 정파의 주장도 옳지만 사파 형제들의 주장도 틀린 것은 아니라고 생각합니다. 사중천주님과 동심맹주님은 입장을 표명하기 곤란하니 이 문제에 대해서 나는 군자성 대협의 고견을 들어보고 싶습니다."

조순의 말에 좌중의 시선이 군자성에게 맞추어졌다. 매불립과 여불청도 조용히 군자성을 응시했다.

"허허허, 허허허."

군자성은 분위기에 걸맞지 않게 털털 웃으며 좌중을 돌아봤다. 주름진 그 얼굴에 근심 같은 기색은 전혀 보이지 않았다.

"노부가 보기에 공들의 다툼은 지극히 당연한 일이다. 집안의 가구를 옮기는 것에도 부부 사이에 이견이 있는 법이거늘, 하물며 무림의 미래가 걸린 중차대한 정책에 어찌 충돌이 없겠는가. 노부는 이왕이면 공들이 지금보다 더 뜨겁게 다투길 바란다. 쇳물을 녹여 병장기를 만들듯, 뜨겁게 싸우다 보면 서로의 견해가 하나로 녹아들 것이고 그것은 곧 무림이 활동적으로 움직이고 있다는 증거가 아니겠는가."

중재가 아니라 오히려 싸움을 붙인다. 군자성의 입에서 나온 말이 아니라면 궤변을 늘어놓지 말라고 비판을 받았을 것이다.

조순이 다시금 청했다.

"대협의 말뜻을 우리가 어찌 모르겠습니까. 다만 무림의 큰 어른이신 군 대협의 미수연을 축하하는 자리에서 우리가 소모적인 정쟁을 계속하는 것은 예의가 아니라고 여겨집니다. 하니 무림맹의 바른 미래를 위해서 군 대협의 생각을 우리에게 전해주시기 바랍니다."

수식어를 빼고 본론만 말하면, 눈치 보지 말고 제대로 중재에 나서라는 거다.

군자성이 사중천주와 동심맹주를 한 번씩 응시하곤 말을 이었다.

"노부가 무림맹 결성을 주창한 것은 무림이 정파와 사파로 갈린 나머지 외적의 침공에 바른 대응을 하지 못했고, 또한 이권을 두고 오랜 세월 강호인들에게 많은 피해를 끼쳤기 때문이다. 무림맹의 정책이 일원화되지 못한다면 그 뜻도 의미가 없게 됨이니, 노부는 그런 점에서 맹주의 영도력이 빛을 발하는 사중천의 권력 방식이 옳다고 판단한다."

사중천의 손을 들어주는 군자성이다. 사중천 무인들이 이 순간 쾌재를 불렀는데 그것도 잠시, 이어지는 군자성의 말에서는 내용이 또 달랐다.

"하나, 견제가 없는 권력은 부패하게 마련. 권력이 한곳에 집중되면 현재의 강호보다 더 큰 피해를 끼치는 폐단이 발생할 수 있다. 따라서 강호 민중을 위한 무림맹을 결성한다는 측면에서 맹주의 권력을 분산시키는 동심맹의 방식 또한 나는 바르다고 생각한다."

동심맹의 손을 들어주었지만 정파 무인들은 반기는 모습을 보여주지 못했다.

이것도 저것도 아닌 원점이다.

이래서는 정파의 사파의 갈등만 증폭시킬 뿐 해결책이 될 수 없다.

군자성은 좌중의 불만스러운 모습을 돌아보며 다시 입을 열었다. 이번엔 여든 살의 노인이라고 여길 수 없을 정도로 눈빛과 음성에 힘이 실려 있었다.

"노부는 맹주 선출이 다른 무엇보다 우선이라고 생각한다. 권력 구조도 선출된 맹주의 뜻에 따르자는 거다. 요는 믿음과 신뢰이다. 맹주가 무림인들을 믿고, 무림인들이 또한 맹주를 신뢰한다면 권력 남용은 애초에 문젯거리가 되지 않는다. 하니, 우리는 무력이 아닌, 신뢰를 바탕으로 무림을 운영할 수 있는 그런 맹주를 뽑아야 한다."

군자성의 주장은 진의가 모호하다. 권력 구조에 앞서 맹주를 먼저 뽑자고 하면서도 맹주를 뽑는 방식에 대해서는 정작 제대로 답을 하지 않고 있다.

조순이 군자성의 묘하게 쳐다보며 다시 물었다.

"어떤 방식으로 맹주를 선출하자는 겁니까? 조금 더 알기

쉽게 풀이해 주십시오."

"허허허, 그거야 자네가 더 잘 알고 있지 않은가? 이능이 참석하지 않아 실망스러운데 나중에 이능을 만나거든 잘 협의해서 결정을 하시게."

군자성이 말을 마치며 무인들의 착석을 손짓으로 알렸다.

무인들이 하나둘 자리에 앉았다.

조순은 선 자세로 한동안 군자성을 바라봤다. 무언가 일이 꼬인 듯 조순의 눈매가 찌푸려져 있었다.

십일월 십칠 일 미시, 미수연 반 시진.

'무력 대결이 아닌 추대로서 맹주를 선출하라는 거지.'

그는 군자성의 말뜻을 그렇게 이해했다. 실제로 그렇게 진행된다면 정파와 사파의 소모적인 정쟁은 현저히 줄일 수 있었다. 다만 그 경우에는 사중천주와 동심맹주 외에 제삼의 인물이 무림맹주에 오를 가능성도 있었다.

'신경 쓸 필요 없어. 맹주가 누가 되던 청부에 관계된 자라면 어차피 나의 적이야.'

그는 맹주 선출에 관한 점을 머리에서 지우고 저격에 집중했다.

사실 그는 시간이 지나갈수록 초조한 심정이다. 악사들을 대면해 보는 것을 시작으로 상관호가 수색망을 점점 좁혀오고 있다. 자객의 잠입을 확신하고 대상을 살펴보는 상관호이다. 이런 상황에서는 변장이 아무리 잘되어 있어도 상관호의 예리한 눈길을 피할 수 없다.

'앞으로 반 시진이야. 더 이상은 버틸 수 없어.'

남은 시간 안에 저격에 들어가야 한다. 만약 저격에 들어가지 못하면 탈출도 어려워진다. 탈출 또한 저격 작전의 연장선상에 있기 때문이다. 막막하고 답답한 일이라면 청건을 두른 인물이 아직 나타나지 않았다는 것이다.

그는 군자성의 모습을 다시금 살펴본다. 아무리 생각해 봐도 저격 대상은 이 사람이다. 매불립의 맹주 등극에 일차적으로 위협이 되는 존재는 여불청이 아닌 군자성이다. 매불립으로선 사파의 절대 권력을 잡은 여불청과 제대로 된 승부를 펼치자면 정파의 권력을 자신에게 집중시켜 놓아야 한다. 그렇게 하려면 매불립 자신과 지지 기반이 겹치는 군자성을 우선적으로 제거할 필요가 있다.

"허허허!"

군자성의 웃음소리가 들려온다. 조금 전의 말 이후 군자성은 훨씬 더 자신감 있는 모습으로 정파와 사파의 무인들을 상대하고 있다. 이런 모습은 여불청과 매불립의 굳은 침묵과 아주 대조적이다. 세 사람의 모습만으로 판단하면 무림맹주에 가장 어울리는 위인은 바로 군자성이라고 할 수 있다.

아미파 장문인 화양선자가 자리에서 일어나 말했다.

"오늘은 무림일성 군자성 대협의 만수무강을 기원하는 자리입니다. 분위기를 바꾸어본다는 점에서 무림맹 결성 회담을 잠시 중지하고 군 대협의 축배사를 들어보는 것이 어떻겠습니까?"

화양선자의 말에 좌중이 동의했다.

군자성은 좌중의 주목 아래 술잔을 들고 말했다.

"대단하지도 않은 인생을 살았건만 이렇게 강호의 형제들이 한자리에 모여 축하의 연을 베풀어주니 노부는 그저 감격할 따름이오. 내 죽기 전에 소원이 있다면 강호 민중과 함께하는 하나 된 무림이오. 노부는 여기 모이신 형제들이 반드시 그 일을 이루어낼 것이라 믿고 있으니, 우리 다 같이 잔을 들어 무림맹 결성을 주창합시다. 자, 무림맹을 위하여 건배!"

"무림맹을 위하여!"

"군자성 대협을 위하여!"

군자성을 시작으로 연회장 참석자들이 일제히 잔을 비웠다.

그 모습을 흐뭇하게 바라본 군자성은 잔을 내려놓은 다음 옆자리의 부인을 돌아봤다.

"사실 오늘 축하 인사를 받을 사람은 노부가 아니라 바로 이 사람이외다. 지난 세월 이 사람은 가정을 내팽개치고 강호를 돌아다닌 본인을 한 번도 원망하지 않고 내조를 해왔으며, 또한 내가 힘들 때마다 언제나 곁에서 따뜻하게 지지를 해주었지요. 단언컨대 이 사람이 없었다면 나는 공들의 축하를 받는 오늘의 기쁨을 맛보지 못했을 겁니다. 형제 여러분, 노부의 내자 유연설입니다."

군자성이 부인을 소개하자 좌중이 일제히 박수를 쳤다.

유연설은 담담히 고개 숙여 인사했다. 칠순에 이른 나이라고 하는데 겉보기에는 예순 살도 되지 않은 것처럼 보일 정도로 곱게 늙은 여인이었다.

"밝히기엔 쑥스러운 일이지만 노부는 이제껏 내자에게 무언가를 선물해 본 적이 한 번도 없소이다. 혼례식 때도 그 흔한 반지 하나 끼워주지 않았지요. 그래서 이번에 지난날을 반성한다는 생각에서 내자에게 작은 선물을 준비해 보았소이다."

군자성이 좌석 아래에서 선물 상자를 꺼냈다.

중인들의 주목 아래 유연설이 군자성을 묘하게 쳐다봤다. 선물 상자는 쳐다보지 않고 있었다.

"나사(羅紗)와 금직(錦織)을 섞어서 만든 피건이오. 솜씨는 서툴지만 내자를 생각하며 내가 직접 한 땀, 한 땀 짜보았으니 받아주시겠소이까, 부인."

군자성이 선물 상자에서 목도리를 꺼내 유연설의 목에 둘렸다.

목도리. 색상은 청색이다.

'으응?'

군자성의 모습을 주시하던 그는 뜻밖의 상황 변화에 눈을 빛낸다.

'군자성이 아니고 부인이라고? 왜? 대체 왜?'

저격 대상은 유연설.

단 한 번도 이런 경우를 추측한 적이 없다.

십일월 십칠 일 미시, 미수연 반 시진 초과.

군자성이 청건을 꺼내어 유연설의 목에 걸어줄 때 상관호는 일반인 초청자 다섯 명의 수색을 남겨 두고 있었다. 악사들과 행사 보조원 중에는 자객으로 추정되는 자가 없었다. 앞서 살펴본 일반인 열다섯 명도 자객으로 의심되지 않았다.

남은 이는 낙양의 상인, 숙수(熟手), 학사, 지관(地官), 불승. 이렇게 다섯 명이었다. 지난 세월 군자성과 깊은 연을 맺은 자들인데 이 중에도 자객이 없다면 무림인들 중에 자객이 있다고 봐야 했다.

다섯 중에서 외견상으로 가장 의심스러운 자는 마흔 살 가량의 숙수였다. 낙양 출신이 아닌 사천에서 명성을 날리는 숙수인데 요리사로 일하기에는 체격이 너무 건장했고, 군살도 없었다. 무엇보다 의심스런 점은 무림의 거물들이 집결한 곳이거늘, 감정의 변화가 전혀 없다는 것이었다. 숙수는 처음부터 끝까지 무림인의 회담을 조용히 지켜보고만 있었다.

요리 분야에서 달인의 경지에 이르면 이러한 감정 자제도 가능한가?

상관호는 의심의 눈길을 번뜩이며 숙수의 앞으로 다가섰다.

바로 그때 상관호의 귀로 한 줄기 전음이 칼날처럼 꽂혀들었다.

[관마! 이능이외다! 현 시각 수색을 중지하고 군자성과 유연설을 주시할 것! 저격 대상은 둘 중 하나! 자객의 저격이 임박했음!]

이능의 육합전성이었다. 이능이 현장 상황을 어떻게 알고 있는지는 중요하지 않았다. 앉아서 천 리를 본다는 이능이었다. 지난 세월 이보다 더 불가사의한 일도 이능은 종종 선보여 왔다.

중요한 것은 자객의 저격이 임박했다는 정보였다.

상관호는 시선을 유연설에게 돌렸다. 눈동자가 황색으로 물들었다. 백리근안의 수법. 관찰력이 극대로 확대된다. 조금이라도 의심스러운 점이 포착되면 그 즉시 군자성을 향해 달려갈 것이다.

유연설이 말했다.

“오래 살다 보니 남편에게 이런 선물을 다 받아보는군요. 이렇게 영광스러운 날, 나 또한 미수연을 맞이한 남편께 드릴 선물을 어찌 준비하지 않았겠습니까.”

말에 이어 유연설이 준비해 둔 선물 상자를 열어 내용물을 꺼냈다.

“아!”

“오호! 과연!”

이 순간 연회장이 크게 술렁였다.

공교롭게도 유연설이 준비한 선물 역시 피건, 청색 목도리였다.

부부는 일심동체라고 좌중이 감탄사를 연발하는 가운데 유연설이 군자성의 목에 직접 청건을 둘러주었다. 몸이 밀착된 상태에서 부부가 서로를 쳐다보며 무언가를 속사였다.

상관호는 백리근안을 최고조로 발휘해 그 모습을 살펴봤다. 음성을 알아들을 수 없기에 대화의 내용은 입술의 움직임만으로 파악해야 했다.

실망. 원망, 선택. 후회.

이와 같은 단어가 부부 사이의 대화에서 나열되었는데 아쉽게도 파악은 거기까지였다. 자객의 저격에 대비해야 하는 지금, 그의 관찰 방향을 돌리게 만드는 변수가 발생하고 있었다.

"군 대협의 팔순 생일에 바칠 선물은 여기도 있소이다."

정파 좌석 말미에서 누군가가 갑작스럽게 일어났다.

목발을 짚고 있는 백발의 장년인.

신강의 전장에서 중무련의 삼대 총사로 명성을 떨친 맹룡출사 호적선이었다. 호적선은 무림에서 은퇴한 몸이지만 군자성의 요청으로 신강의 전장에 뛰어들었던 인연이 있기에 특별히 미수연에 참석할 자격을 얻었다.

오주독마가 호적선을 제지했다.

"그건 안 될 말이오. 미수연의 하객들은 어떤 선물도 하지 않기로 합의가 되어 있소."

무림맹 결성을 앞두고 청탁을 배제한다는 차원에서 군자성에게 생일 선물을 바치는 행위는 엄격히 금지해 두었다. 그래서 오늘 이 자리에 참석한 무림인들도 선물 같은 것은 일체 준비해 오지 않았다.

호적선이 말했다.

"예외를 두자는 것이 아니요. 본인이 준비한 것은 장강에서 직접 잡아온 대황어(大黃魚)요. 대황어는 강호에 길조가 있을 때만 잡히는 희귀한 물고기인데, 오늘의 자리를 빛내고자 군 대협이 내게 여러 번 부탁했기에 미수연 연회장으로 가져온 것이오. 그렇지 않습니까, 군 대협?"

"그건… 그렇지."

군자성이 떨떠름한 표정으로 고개를 끄덕였다.

군자성의 요구로 대황어를 가져왔다는데 누가 반대를 할까.

호적선은 신속하게 바로 행동에 들어갔다.

"장 숙수는 탕초황어장육을 군 대협께 전하시게."

"네."

숙수가 자리에서 일어나 연회장 요리가 나열된 탁자로 걸어갔다. 탁자 중심에는 기름에 살짝 튀겨진 대형 황어가 아직 살아 있는 모습으로 놓여 있었다. 숙수가 푸덕거리는 황어의 머리를 손으로 툭 쳤다. 황어의 움직임이 멈추자 숙수는 빠른 손놀림으로 양념을 바르곤 두 손으로 황어를 받쳐 들고 군자성에게 향했다.

호적선의 말이 들려왔다.

"자객열전에 의하면 자객, 전제는 구운 생선의 뱃속에 어장검을 숨겨서 오왕을 암살했다고 하지요. 탕초황어장육은 바로 그 어장검의 고사에서 유래된 일품요리입니다. 찜과 회, 그리고 튀김을 동시에 맛볼 수 있으니 오왕은 오늘 이 자리에 되살아난다고 한들 탕초황어장육을 시식하려 들 것입니다."

호적선의 말에 상관호는 눈을 번쩍 떴다.

어장검의 고사. 왜 하필 지금 시점에서 그 이야기를 하는

가. 이런 상황이 의심스럽다. 연회장에 마련된 술과 음식은 사전에 철저히 점검한 상태이지만, 황어의 뱃속까지는 확인하지 않았다.

만약 숙수가 자객이라면? 황어의 내장 속에 병기가 감추어져 있다면?

'위험해! 저지해야 돼!'

상관호가 숙수의 걸음을 막고자 나설 때였다.

또 다른 변수가 연회장에 발생했다.

끼룩! 끼룩! 끼룩!

측성대 하늘 위로 비둘기들이 갑자기 집단으로 날아왔다.

예측되지 않은 상황의 연속. 이제 더는 두고 볼 수 없다.

"멈춰! 동작 중지!"

상관호는 앞으로 뛰쳐나가며 소리쳤다.

숙수가 걸음을 멈추곤 상관호를 쳐다봤다. 황어의 뱃속으로 숙수의 손이 들어간다. 상관호는 달려가던 중에 태강십결 중에서 탄자결을 발휘했다.

파앙!

숙수가 탄자결에 강타되어 나동그라졌다.

그 순간 측성대 안으로 비둘기 무리가 날아들었다.

"하아!"

상관호는 손바닥을 펼쳐 좌우로 휘둘렀다. 회오리 기파가 연회장에 몰아친다. 태강십결 중에서 척수결의 발휘. 비둘기들은 과녁에 꽂히는 화살처럼 회오리 기파 속으로 빨려들었다.

콰앙!

폭발이 일어났다. 척수결의 현상 때문이 아니다. 이건 육질이 터지는 소리가 아닌 화약 폭발음이다.

푸수수수수수!

폭발에 이어 주황색 연기가 연회장을 뒤덮었다.

"활연탄? 이런!"

상관호는 아찔한 심정을 토했다. 비둘기 몸체에 연막탄의 일종인 활연탄이 장착되어 있었는데 척수결로 인해 그것이 터져 버렸다. 후회를 하고 있을 상황은 아니었다. 저격을 막는 대응에 바로 나서야 했다. 상관호는 백리근안을 극성으로 일으켰다. 황색 눈이 금색으로 변한다. 그는 번쩍이는 눈으로 연막 속을 주시하며 나동그라진 숙수를 향해 달려들었다.

상인, 숙수, 학사, 지관, 불승.

일반인 중에서 아직까지 정체가 확인 안 된 인물은 모두 다섯.

상관호는 숙수를 향해 달려가던 중에 손날을 모아 칼처럼 베어냈다. 도수결의 발휘. 상인, 학사, 지관, 불승이 거의 동시에 도수결에 타격되어 쓰러졌다. 제압이 이렇게 쉽게 되었다는 것은 곧, 이들 중에는 자객이 없었다는 뜻이다.

남은 이는 숙수.

상관호는 달려가는 자세 그대로 숙수의 가슴을 내리찍었다.

"으윽!"

숙수가 피를 토했다. 제압되기까지 저항도 한 번 못 해본 숙수이다.

상관호는 이런 결과에 인상을 구겼다. 이자 역시도 자객이 아닐 가능성이 높다는 뜻이다.

숙수가 바닥에 짓눌린 자세에서 겁에 질린 음성으로 말했다.

"대인, 내게… 내게 왜 이러십니까?"

확인은 금방이다. 숙수의 몸에서는 내기가 느껴지지 않았다. 바닥에 떨어진 황어 뱃속에서도 병기 같은 것은 없었다.

'자객은?'

상관호는 금빛의 눈을 군자성에게 돌렸다.

한순간에 벌어졌던 저격 대응이다.

설마 그 사이에 자객의 저격이 있었으리라고는 생각하지 않는다.

그러나 현장의 상황은 상관호의 생각과 완전히 다르게 흘러간다.

십일월 십칠 일 미시, 미수연 한 시진.

유연설에 이어 군자성까지 청건을 두르게 되자 그는 내심 큰 혼란을 겪는다. 저격 대상이 둘이다. 이런 상황을 맞이하게 되리라곤 상상도 못했다. 교란인지, 청부자의 실수인지 그것조차 파악할 수 없다.

'머뭇거릴 시간 없어. 군자성과 유연설, 둘 중 하나를 선택해야 해.'

이미 저격에 들어간 상태다. 이젠 되돌아가고 싶어도 갈 수가 없다.

호적선이 나섰고, 숙수가 바람을 잡았다. 활연탄을 장착한 비둘기들이 측성대로 날아온다. 상관호가 대응에 나선다. 여기까지는 예정된 수순. 그다음의 진행 상황도 예측에서 어긋나지 않는다.

콰앙!

폭발음이 울린다. 연막탄이 터진다. 그는 자리에서 일어난다. 주변에 온통 고수들이라 주저하면 안 된다. 이미 대다수의 무인들이 내력을 발휘해 연막 속을 살펴보고 있다.

'어쩔 수 없어. 둘 다 처리해.'

그는 결정과 동시에 연회단상으로 뛰어오른다. 능광검이 발휘된다. 손가락에서 은빛의 검이 채찍처럼 뻗어 나온다. 군자성은 오 보 거리에 자리해 있다. 그곳까지 굳이 달려갈 필요는 없다. 단상에 뛰어오름과 동시에 은빛의 검이 군자성과 유연설을 무섭게 지나간다.

"멈춰!"

"감히!"

저격을 마치던 그 순간, 그의 좌우에서 내력이 실린 음성이 들려온다.

뇌가 뚫려 버릴 것 같은 음성.

그들이 누구인지는 얼굴을 보지 않아도 알 수 있다.

여불청과 매불립이다.

두 사람을 동시에 상대하는 것은 목숨이 두 개라도 불가능하다.

사실, 대적할 생각도 없다.

저격이 끝난 지금 그는 탈출만을 생각하고 있다.

주변엔 온통 절정고수들.

살려면 도박을 해야 한다. 보통의 방식으로는 측성대를 절대로 빠져나갈 수 없다.

그는 이를 악물고 매불립의 가슴 안으로 뛰어든다.

"응?"

매불립이 멈칫하더니 오른손을 쭉 내민다. 파옥장이다. 장력이 워낙에 강해 폭포수 떨어지는 것 같은 음향이 들려온다.

쿠아앙!

측성대가 와르르 흔들리는 폭발이 있다.

"으윽!"

매불립은 장력의 충격파에 측성대 연단 끝까지 튕겨 나갔다.

이건 자객의 공격 때문이 아니다.

매불립은 자신을 이렇게 만든 상대자를 쳐다보았다.

일주검마 여불청.

여불청이 날린 장력과 정면으로 충돌했기 때문에 이런 결과가 나왔다.

여불청도 장력의 충돌 여파에 맞은편 측성대 끝까지 밀려나간 상태. 두 사람의 대결을 유도해 낸 자객은 그들 사이에서 보이지 않았다.

자객의 행방이 의문스럽지만 매불립은 지금 한가하게 그것에 관해 생각하고 있을 때가 아니었다. 여불청이 격공섭물로 자신의 검을 끌어 올리곤 다시 달려오고 있었다.

이대로 손 놓고 있으면 목을 보존하지 못한다.

매불립은 오른손을 측성대 아래로 돌렸다.

"검!"

해검지에서 천수검이 날아왔다.

천수검을 손에 잡은 매불립은 그 즉시 전방으로 일검을 내리쳤다.

쾅!

묵사검 대 천수검!

장력 대결에 이어 검력 충돌이 벌어졌다.

여불청과 매불립은 측성대 연단 끝까지 다시 튕겨 나갔고, 그곳에서 동시에 하늘로 치솟았다.

"와아아아!"

두 사람이 갑작스럽게 대결을 벌이자 측성대 연단 아래의 무인들이 일제히 환호성을 토했다.

그러나 관전자들의 기대와는 다르게 그들은 세 번째 대결을 펼치지 않았다.

두 사람은 허공 도약 중에 잠시 날카롭게 마주보곤 측성대로 내려왔다.

이전의 대결은 자객을 쫓는 과정에서 반사적으로 일어난 충돌이었다. 언제인가는 목을 걸고 결전을 치러야겠지만, 지금은 싸워야 할 때가 아니란 것을 두 사람은 아주 잘 알고 있었다.

두 차례의 격전으로 측성대 연회장을 뒤덮었던 연막탄은 모두 사라진 상태다.

여불청이 엉망으로 변한 연회장을 쭉 돌아보곤 상관호에게 물었다.

"군자성 부부는 어떻게 되었지?"

상관호는 굳은 얼굴로 대답했다.

"두 분 다 심장이 멈췄습니다. 면목이 없습니다, 천주."

여불청은 입술을 질끈 깨물었다. 자객의 저격. 그것도 무림의 특급 고수들이 몽땅 집결해 있는 상태에서 저격을 당했다. 사파의 수장이기 이전에 무림인으로서 수치이자 망신이다.

여불청이 매불립을 진하게 쳐다봤다.

"오늘의 일을 당신이 설명해 줘야겠어."

매불립은 무표정한 얼굴로 고개를 저었다.

"설명은 내가 오히려 당신에게 듣고 싶소."

여불청은 더 묻지 않았다. 그는 매불립을 한 번 노려보곤 뒤돌아서서 사중천의 무인들에게 명했다.

"사중천은 전력을 다해서 자객을 추적한다. 자객을 잡지 못하고서는 누구도 총단으로 복귀하지 마라. 아울러 이 청부를 사주한 놈들은 대상이 누구이든 씨를 말린다."

여불청이 날선 명을 남기곤 측성대를 내려갔다.

"흐음."

매불립도 조순에게 눈짓으로 무언가를 전하곤 측성대에서 내려갔다.

자객 추적은 조순과 상관호의 몫이다.

조순이 상관호에게 물었다.

"자객이 사중천의 무인으로 변장해 있었소. 어떻게 된 일이요?"

"모르오."

"하면 자객은 대체 어떻게 사라진 거요?"

"그것도 모르오. 내 눈으로 직접 지켜봤음에도 나는 아무것도 모르오."

상관호는 모른다는 말밖에 할 수 없었다.

솔직한 심정으로는 귀신에 홀린 것 같다고 해야 하리라.

"하하! 자객이 어떻게 사라졌는지는 내가 알려드리지요."

측성대 아래에서 남자의 칼칼한 음성이 들려왔다

지휘봉을 손에 든 오 척 단구의 사내.

눈빛이 너무 맑아 학동처럼 보이는 사내.

사중천의 구주지마 이능의 등장이다

조순이 이능을 묘하게 쳐다보며 말했다.

"하면, 독심당주께서는 자객이 사라진 수법을 알고 있습니까?"

이능이 측성대로 올라와서는 싱긋 웃었다.

"망량. 망혼보의 두 번째 초식. 공간이동술로 불리는 망량이 발휘된 것이지요."

5장

북진혈로(北進血路)

"아비객?"

망혼보라는 말에 상관호가 눈을 빛냈다. 자객의 정체를 이제 알았다. 무림에서 망혼보를 사용하는 자객은 아비객이 유일하다.

조순은 상관호와 다르게 망량이라는 단어에 관심을 보였다. 관심을 표현하는 방식은 논리를 앞세운 반문이었다.

"이 공의 말은 이치에 맞지 않소이다. 망량을 사용하는 자객이라면 구태여 측성대까지 올라와서 저격할 필요가 없지 않겠소?"

망량은 무공으로 설명되지 않는 공간이동술이다. 망량을 자유자재로 발휘한다면 대상 불문하고 언제 어디서든 저격이 가능함이니 발각의 위험성이 있는 미수연 연회에 굳이 잠입하지 않아도 된다는 거다.

"완벽함을 추구하는 성격. 당신은 항상 그게 문제요. 논리에 맞지 않으면 상황에 맞추어 그 논리를 이해하면 되지 않겠소? 자객은 망량을 마음대로 사용하지 못하기에 측성대에 올라와서 저격에 임했던 거요."

"……."

이능의 말에 조순이 무언가를 깊게 생각했다.

이능이 그 모습을 보며 말을 이었다.

"내 말을 믿든 안 믿든 그건 천기당주가 알아서 판단하시오. 아무튼 난 더 이상 해줄 말이 없으니 당신은 이제 자기 할 일을 하시오. 당신이 벌여 놓은 일은 수습해야 하지 않겠소?"

함축적인 이능의 말. 그 말에는 자리를 비켜 달라는 뜻도 포함되어 있다.

조순이 이능을 잠시 노려보곤 측성대를 내려갔다.

이능은 조순이 시야에서 멀어지고 난 다음 상관호를 돌아보며 미소를 머금었다.

"상관 형, 내게 물어보고 싶은 말이 많지요?"

상관호는 고개를 끄덕였다.

사실이 그랬다. 이능은 측성대 저격을 사전에 감지했음에도 불구하고, 자객의 저격을 방관했다고 할 정도로 대응에 적극 나서지 않았다. 엄밀하게 따져보면 이능은 상관호의 경비 업무를 오히려 방해했다고 할 수 있다. 이능의 개입이 아니었다면 상관호는 측성대 연회를 중단시키고 무림인들을 전면적으로 수색했을 것이다.

의문에 대해서 상관호가 물어보기 전에 이능이 먼저 속사정을 털어놨다.

"실은 나도 자객이 흘린 역정보에 이용을 당했습니다. 자객이 이런 식으로 내 뒤통수를 치리라고는 미처 생각을 못했습니다."

상관호는 눈살을 찌푸렸다.

이능이 이용을 당했다?

그 말을 믿느니 차라리 자객을 측성대로 투입시킨 이가 이능이라고 여기고 말 것이다.

이능은 상관호가 믿거나 말거나 자신의 주장을 이었다.

"조순에게도 말했듯 자객의 망량은 완성된 것이 아닙니다. 미완성의 망량을 사용했으니 그 부작용이 심각할 겁니다. 내 판단으로 자객은 측성대를 중심으로 백 장을 벗어나지 못하고 있을 터이니, 지금이라도 추적을 하면 자객을 잡을 수 있으리라 봅니다."

자객의 추적이 가능하다는 말에 상관호는 일단 의문을 지웠다. 지금은 자객을 체포하는 것이 무엇보다 급선무였다. 자객을 체포하라는 사중천주의 엄명은 둘째 문제였다. 상관호가 관리하던 곳에서 저격이 일어났다. 이 수모를 씻자면 상관호는 반드시 자객을 잡아야 했다.

"무엇부터 할까요? 앞으로는 독심당주께서 일선에 나서주시기 바랍니다."

상관호가 자존심을 꺾고 지휘를 맡겼건만 이능의 반응은 미적지근했다. 정확히 말하면 저격 사안을 두고 관심의 방향이 달랐다.

이능이 진지한 어조로 말했다.

"상관 형, 이제 결정을 분명히 하십시오. 무림이 대란에 휩싸인 지금, 노선이 분명하지 않으면 공동의 적이 됩니다."

"그게 무슨 말입니까? 나는 사중십마 중에 일인입니다. 사중천과 동심맹을 두고서 선택의 여지가 없습니다."

"잘 생각해 보시면 제삼의 선택도 있지요."

이능의 말에 상관호는 심각히 인상을 구겼다.

제삼의 선택.

그건 무슨 뜻인가? 모반인가? 그도 아니면 무림맹 결성을 향한 궐기인가?

상관호가 이능의 진의를 의심스러워하고 있을 때 측성대

아래에서 귀에 익은 음성이 들려왔다.

"제삼의 선택은 우리의 피할 수 없는 운명이네. 사중천주와 동심맹주의 행동을 막지 않으면 무림은 종말의 시대를 맞이하게 될 것이네."

청성당주 일엽의 말이었다.

십일월 십칠 일 측성대 저격 한 시진.

양소는 천기당 대열에서 떨어져 나와 황하 방면으로 북상하고 있었다. 지금쯤이면 그의 탈영 소식이 조직 내에 알려졌을 것이다. 두렵거나 미련 같은 것은 없었다. 선택을 하기 전에는 갈등을 많이 했지만 결정을 하고 난 이후에는 망설임 없이 그는 자신의 길을 걸을 수 있었다.

"으음."

등 뒤에서 야랑의 신음이 들려왔다. 야랑을 업고 천기당 대열을 빠져나온 후 처음으로 보이는 반응이었다. 야랑은 측성대 저격 이후 만취한 사람처럼 몸과 정신을 가누지 못하는 상태로 그를 찾아왔다. 양소가 그때 나쁜 마음을 먹었다면 야랑은 지금쯤 동심맹으로 압송되어 있을 것이다.

"고맙습니다, 대주님."

정신을 차린 야랑이 감사의 인사를 먼저 전했다.

양소는 고개를 저었다.

"야랑, 우리 사이에 고마움의 감정 표현은 불필요하다. 이건 전적으로 나의 결정이다. 또한 나는 한때 너의 직속상관으로서 마땅히 해야 할 일을 하고 있을 뿐이다."

야랑이 숨을 죽였다. 양소는 등 뒤로 야랑의 떨림이 느껴지고 있었다.

"대주님을 곤란하게 만든 것에 대해 무척 죄송스럽게 생각합니다. 믿을 사람이 대주님밖에 없었습니다."

양소의 처지가 곤란하게 된 것은 맞다. 동심맹을 배신했다. 이 일로 인해 양소는 물론이요, 양가장까지 위험에 처하게 될 가능성이 있다.

"죄송하다는 말도 하지 마라. 난 너에게 갚아야 할 생명의 빚이 있다. 입장을 바꾸었다고 해도 너 역시 나처럼 행동했을 것이다."

측성대 저격 전날 양소는 야랑이 보낸 밀지를 받았다. 자신의 생명을 맡길 테니 양소가 알아서 처리하라는 내용이었다. 밀지를 읽었을 때 양소는 야랑의 절박함을 알았다. 여간해서는 동료에게 생명을 맡기지 않는 야랑이었다. 그런 야랑이 그에게 목숨을 부탁했다는 것은 곧 반드시 살아남아서 해야 할 일이 있다는 뜻이었다.

"솔직히 말하면 동심맹을 나와서 나도 속이 후련하다. 신강을 떠난 이후로 난 하루도 편한 날이 없었다. 하니 이제부터 감정적인 말은 하지 말자. 중요한 것은 너의 안전이다. 황하 황개포구까지 가면 되느냐?"

"네."

"참, 정신을 차렸는데, 몸은 좀 어떠냐? 움직일 수 있겠느냐?"

"아직은 아닙니다. 조금 더 지나야 육체를 사용할 수 있을 것 같습니다. 실은 이전에도 정신은 있었는데 몸을 움직일 수 없었습니다."

양소는 더는 묻지 않았다. 측성대 저격에 관한 의문은 사지에서 탈출한 후에 물어봐야 할 사안이었다.

황하 황개포구까지는 대략 오백 리.

무림인들의 수색망을 피해 빠르게 움직인다면 한나절 이전에 도달할 수 있었다.

삼십 리를 그렇게 경신술로 주파했을 시점이었다.

양소는 경신술의 속도를 현저히 줄였다. 야랑을 업었기 때문이 아니다. 그가 속도를 줄인 것은 일단의 무림인들이 전방에 나타났기 때문이다.

왼쪽 가슴에 '刀' 표찰을 매단 스무 명의 흑의무인.

하남성의 정도문파 북도방의 무인들이었다.

그중 선두에 자리한 오십 대의 흑의인은 양소도 잘 알고 있었다.

동심맹 서열 칠십육 위, 북도방의 총관 북뢰도 혁우종이었다.

"양소는 걸음을 멈추고 무장을 해제하라. 너는 지금 동심맹의 조직원로서 반역 행위를 하고 있다. 상부의 명에 불복하거나 저항하면 즉결 처리하겠다!"

양소는 걸음을 멈추고 야랑을 바닥에 내려놓았다. 혁우종의 명에 따르는 것은 당연히 아니다.

그는 야랑의 앞을 가로막고 말했다.

"나는 북도방의 제자가 아니다. 당신은 내게 그런 명을 내릴 자격이 없다."

"닥쳐라! 동심맹 서열 백 위권 밖의 일개 대주 주제에 감히 동심칠십육교의 명을 거역하느냐! 다시 말하지만 명에 따르지 않는다면 항명으로 즉결 처리하겠다."

북도방은 동심맹주의 친위 세력이다. 혁우종 역시 매불립을 주군처럼 따르고 있다. 양소가 비꼬듯 말했다.

"동심맹의 서열은 누가 무슨 근거로 그렇게 정했지? 서열마저 협잡과 청탁에 좌우되는가? 그게 아닌 무력이 기준이라면 난 그 서열을 인정하지 않아."

혁우종이 눈을 부릅떴다.

"시체가 되고 싶은 게구나! 쳐라!"

혁우종의 명에 북도방의 무인들이 양소에게 달려들었다.

양소는 양쪽 허리에 걸린 삼단연창을 빼 들었다.

휭!

양소의 일단창이 허공을 갈랐다. 달려들던 선두 무인이 일단창에 타격되어 쓰러졌다. 일단창에 이어 이단창도 허공을 휘돌았다. 기력이 담긴 창법이다. 양소에게 달려들던 흑의인들이 한꺼번에 와르르 나동그라졌다.

"응?"

혁우종이 그 모습을 보곤 눈살을 찌푸렸다.

양소의 직책은 중무련의 일검대주.

제법 그럴 듯한 직책이지만 알고 보면 북방의 전장을 굴러다닌 칼잡이들의 대장일 뿐이었다. 그런 자가 전문적으로 무공 수업을 받은 북도방의 제자들을 너무도 쉽게 상대하고 있었다.

"제법 한 수가 있는 놈이구나! 하아!"

혁우종이 칼을 뽑아 들곤 대지를 박찼다.

내력이 실린 도법.

혁우종의 칼이 일도양단의 기세로 양소의 머리를 갈랐다.

"흥!"

양소는 물러섬 없이 일단창으로 혁우종의 칼을 맞부딪쳤다.

카캉!

불꽃을 튀기는 충돌과 함께 혁우종이 주르륵 밀려났다. 명색이 동심맹의 백대고수이거늘 전장의 칼잡이 따위에게 검력에서 밀렸다. 혁우종이 노기를 번뜩이며 다시 칼을 휘둘렀다. 이번엔 내공이 가득 담긴 도법이었다.

"크윽!"

공격을 했던 혁우종이 도리어 피를 울컥 토하며 쓰러졌다.

정면 대결에서 양소의 내공이 혁우종보다 더 강했던 것이다.

그리고 이 순간 혁우종에게 더 무서운 것은 양소의 실전 초식이었다.

끝장을 보기 전에는 싸움을 멈추지 않는다!

실전에서 야랑이 그러했듯 양소는 혁우종이 바닥에 쓰러지자 지체 없이 이단창을 잡고 앞으로 달려갔다.

"총관님이 위험하다! 모두 막앗!"

혁우종의 목숨을 지키고자 북도방 무인들이 일제히 칼을 휘두르며 몰려왔다.

양소는 입술을 질끈 깨물었다.

여기서 물러서면 안 된다.

상황이 불리할수록 더 강하게 부딪쳐서 적들의 기세를 꺾어 놓아야 한다. 신강에서 겪었던 생존의 전투 방식이다.

양소는 일단창과 이단창을 양손으로 각각 잡고 하나로 합쳤다. 그런 다음 양쪽의 창끝을 잡고 삼단창을 뽑아냈다. 양가삼환창의 완성! 양소는 삼환창을 길게 잡고 바닥에 강하게 내리쳤다. 양가창법 일식 절지창의 발휘이다.

쾅!

폭음이 울리며 흙 알갱이가 파편처럼 사방으로 튀겨 나갔다. 무인들은 흙의 파편에 몸이 관통되어 집단적으로 쓰러졌다.

양소는 장창을 세워 들고 주변의 무인들에게 엄중히 경고했다.

"아군으로서 관용은 여기까지다. 이후로 나를 따라온다면 그땐 이유 불문하고 모두 죽여 버릴 것이다."

양소의 이 모습은 전장에서 굴러먹은 칼잡이의 모습이 아니었다. 눈빛은 강렬하고 기세는 태산처럼 거대했다. 전투 상황을 끝낸 양소는 야랑을 등에 업고 전방으로 터벅터벅 걸어갔다. 양소가 등을 보였음에도 북도방의 무인들은 누구 하나 칼을 들지 못했다. 동심맹의 서열을 내세우던 혁우종도 물론 예외가 아니었다.

*　　*　　*

하남성 북도방.

육산은 북도방의 병장기를 만드는 철장(鐵匠) 출신이다. 그는 철을 다루는 재주를 아버지로부터 물려받았다. 할아버지도 대장장이였으니 철장 직업이 대대로 이어지는 천직인 셈이다.

삼 대를 잇는 철장 가업이 자랑스러운 것은 아니다. 오히려 그 반대다. 그는 쇳물이 흘러내리는 용선로 구석에서 나고 자랐다. 그러기에 가마를 달구는 불꽃은 보기만 해도 징그럽고 쇠를 두들기는 망치 소리는 듣기만 해도 짜증이 난다.

어릴 적 그의 소원은 하나였다.

무슨 일이라도 할 각오가 되어 있으니 제발 이 지옥에서 벗어나게 해달라는 것이다.

스무 살 시절에 그 소원이 이루어졌다.

북도방 방주의 차남 북위정이 어느 날 그에게 말했다.

"나를 대신해 신강으로 가줘. 난 북도방의 무업을 계승해야 할 의무가 있어. 육산이 그렇게 해주면 네 가족의 생활은 내가 책임지고 돌봐줄게. 일이 잘 풀리면 네 아버지를 북도방의 대철장으로 진급시켜 줄 수도 있어."

말은 부탁이지만, 신강으로의 대리 참전은 강제적 명령에 가까웠다. 육산이 신강으로 가지 않으면 북도방의 병장기를 만들며 입에 풀칠하는 가족의 생활 전선에 큰 문제가 생기고 말 터였다.

육산은 북위정의 요구에 두말없이 응했다. 가족의 생계는 둘째 문제였다. 그때 그는 철장 신분의 굴레에서 벗어날 수 있다면 신체라도 팔 각오가 되어 있었다.

그렇게 육산은 북위정의 이름으로 신강의 전장에 참전했다.

참전 당시만 해도 육산은 신강의 전장이 어떤 곳인지 몰랐다. 그러나 그곳에서 생활하며 그는 진짜 지옥이 어떤 곳인지 알게 됐다. 적을 죽여야만 자신이 살아남는 곳. 산 자의 목숨보다 죽은 자의 영혼이 더 많이 떠도는 곳. 이곳과 비교하면 북도방의 철장 생활은 천국이나 다름없었다.

살아남기 위해 아귀가 되어야 했던 생존의 전장 속에서 그는 밤이면 고향의 하늘을 떠올렸다. 대리 인생을 살지 말라는 아버지의 충고를 무시한 것을 후회했고, 눈물로써 그의 참전을 말렸던 어머니를 두고 온 것을 가슴 아파했다. 그리고 가끔씩은 용선로의 그 불꽃을 그리워했다.

그는 이 년 육 개월을 전장에서 보내고 고향으로 돌아왔다. 열 명 중에서 일곱 명이 죽는 지옥의 전장이었다. 그 속에서 그가 그렇게 오래 살아남은 것은 천운만으로는 설명이 부족했다. 생존의 이유 중에서 가장 주된 것은 죽기 전에 고향 땅을 한 번만이라도 밟아보고 말겠다는 그의 의지였다.

고향으로 돌아왔을 때 그는 진심으로 감격했다.

이젠 부모님께 효도를 다하리라. 철장 일도 불평하지 않고 열심히 일하리라.

그러나 그의 운명은 가혹했다.

천신만고 끝에 집에 도착했건만 그를 반겨주는 사람이 아무도 없었다.

아버지와 어머니는 죽고, 하나뿐인 여동생은 실종되어 있었다.

연유는 끔찍했다.

그가 신강으로 떠난 일 년 후, 여동생이 북도방의 누군가에게 강간을 당했다. 북도방은 이 사건을 덮고자 하였다. 이에 아버지는 부당함을 항변하다가 대장간에서 쫓겨났고, 그것도 모자라 북도방의 무인들에게 맞아 죽었다. 그 후 생활고에 시달린 어머니는 스스로 목을 매었고, 여동생은 실성하여 어디론가 떠나 버렸다.

방주의 아들을 대신해서 신강의 전장에 참전했던 육산이었다. 분노한 육산은 북위정을 찾아가 어찌 내 가족을 보살펴주지 않았느냐고 따졌는데 그때 북위정은 이렇게 말했다.

"제 살겠다고 부모를 버리고 떠난 놈이 이제 와서 무슨 가족 타령이야. 난 할 만큼 했어. 니 애비에게 네놈 몫으로 삼백 냥을 건넸고, 그 돈을 관리하지 못하고 탕진한 것은 전적으로 니 애비의 잘못이야. 그리고 니 여동생 일은 나하고 상관없으니까 내게 따지지 말고 꺼져. 난 그 재수 없는 년 생각만 해도 소름이 돋는다고."

북위정의 말은 거짓투성이였다.

대리 참전의 거래 금액은 삼백 냥이 아니라 삼천 냥이었다. 또한 북도방의 탕아라고 소문난 북위정은 예전부터 그의 여동생의 몸을 노렸다. 북도방이 여동생 강간 사건을 덮고자 한 것으로 보아 북위정이 그 범행에 관여되었을 가능성이 아주 높았다.

그러나 육산은 거짓된 말에도 불구하고 북위정에게 아무런 반박을 하지 못하고 집으로 돌아왔다.

부모를 버리고 떠난 놈.

그 말이 대못이 되어 가슴에 박히고 있었다.

북위정이 그를 속였다고 한들 가족이 그렇게 된 근본 원인은 그에게 있었다. 그는 불효자이며 가족의 삶을 망친 죄인이었다. 자기 자신을 먼저 단죄하지 않고는 가족의 복수를 할 수가 없었다.

그는 그 후로 술과 앵속에 취해 삶을 비관하며 살았다. 가지고 있던 돈을 전부 소진한 후에는 저자에서 구걸하다시피

비루하게 살았다. 북위정이 저자의 왈패들을 데리고 와서 너 하나 죽이는 것은 일도 아니라며 그의 삶을 비웃고 구타를 해도 그는 바보처럼 반항을 하지 않았다. 맞설 힘이 없기 때문에 맞은 것이 아니었다. 삶에 희망이 없으니 대적할 의욕도 생기지 않았다.

앵속에서 깨어날 때 그는 한 번씩 지난 삶을 돌이켜 봤다. 두 번의 지옥을 겪었다고 생각했는데 알고 보니 세 번째로 그가 맞이한 삶이야말로 진짜 지옥이었다. 앵속에 취해 하루를 연명해 나가는 불쌍한 인생. 가족의 복수도 하지 못하는 나약한 인생. 이 지옥 속에서 벗어날 수만 있다면 그는 혼이라고 팔아버리고 싶었다.

무능력한 삶을 벗어던질 탈출구.

그것은 예기치 않게 열렸다.

오늘 아침 그는 속달로 날아온 한 통의 밀지를 받았다.

중검대 칠조 조장 쌍부도(雙斧刀) 육산, 부대 복귀!

복귀 장소 : 낙양 성검산장!

복귀 일시 : 밀지를 받는 즉시!

복귀 사유 : 야랑에게 빚진 전우의 목숨 값!

복귀는 자유 선택! 단, 복귀자들은 고향 땅에 목숨을 묻어두고 올 것!

〈중검일대주 양소〉

"아아!"

밀지를 본 육산은 격정 어린 숨결을 흘려냈다.

탈출구가 여기에 있었다. 그것은 새로운 삶을 시작하는 것이 아니라 전자의 삶으로 되돌아가면 되었다.

그는 술병을 집어던지고 앵속을 발로 짓이겼다. 용사의 모습으로 되돌아가기에 필요한 것은 오직 두 자루 도끼였다. 쌍부도! 신강에서 적의 머리를 수도 없이 쪼갰던 그의 병기. 육산은 용선로 가마에 던져 놓았던 쌍부도를 꺼냈다.

도끼를 손에 들자 가슴이 불탔다.

두려움, 원망, 슬픔, 후회.

육산은 그 모든 나약한 감정을 가슴 안에서 녹였다.

떠나기 전에 할 일이 있다.

육산은 도끼를 들고 춘화기방으로 쳐들어갔다.

그가 기방의 문을 발로 차고 안으로 들어갔을 때 북위정은 수하들과 함께 밤을 꼬박 새운 유흥을 즐기고 있었다.

"뭐야, 이 잡놈은?"

수하 중의 일인이 짜증난 얼굴로 그를 쳐다봤다.

육산은 눈알을 함부로 굴리는 그놈의 머리에 도끼를 냅다 꽂았다. 그리고 다른 놈들이 준동하기 전에 술상을 뒤엎고는 북위정의 가슴을 발로 찼다. 북도방의 탕아라고 하지만 북위정은 무림 명가의 후예. 자기 한 몸 지킬 능력은 충분히 되건만 북위정은 이 순간 어떤 저항도 하지 못했다. 육산의 눈. 살기가 넘쳐 광인처럼 번뜩이는 그 눈. 그 눈빛 앞에서는 북위정이 아닌 누구라고 해도 몸이 굳어버릴 수밖에 없었다.

육산은 북위정의 멱살을 잡고 말했다.

"나 같은 놈 하나 죽이는 것은 일도 아니라고? 하면 물어보자. 너, 정말 사람 죽여본 적 있어?"

"으으으."

"배때기를 갈라 창자를 끄집어내어 본 적 있어?"

겁에 질린 모습이 역력하건만 북위정은 가문의 위세를 들먹였다.

"난 북도방의 차남이야. 나를 죽이면 내 아버지가 네놈을 가만두지 않을 거야."

"닥쳐!"

육산은 북위정의 머리를 도끼로 내리찍었다.

원래는 바로 죽일 생각이 없었다.

여동생 사건에 대해 물어보고 그다음에 대가리를 빠갤 생각이었다.

한데 일단 죽여놓고 시작하는 전장의 습관 때문에 그만 살수를 사용하고 말았다.

카악 퉤!

육산은 머리가 두 쪽으로 쪼개진 북위정을 내려다보며 가래를 뱉어냈다.

"걱정 마, 새끼야! 다시는 이 땅으로 안 돌아와!"

쌍부도 육산의 부대 복귀.

십일월 십칠 일, 측성대 저격 아침에 벌어진 일이었다.

*　　*　　*

측성대 저격 두 시진.

하남 일대에 천라지망이 펼쳐졌다. 북쪽으로는 동심맹이 포진됐고, 남쪽으로는 사중천이 전열을 갖추었다.

황개 포구로 올라가는 양소가 상대해야 할 적은 동심맹.

얼마 전까지 같은 밥을 먹은 아군이지만 양소는 교전의 꺼림을 마음속에서 지워냈다. 전투에서는 인정을 두면 안 된다. 가슴에 정을 담고 싸우면 가장 먼저 무인 자신의 목이 날아간다.

북도방을 뚫고 나온 지 한 식경, 우측 전방에서 일단의 무인들이 달려왔다. 정주에서 활동하는 숭천문의 무인들인데 척살의 명이 떨어진 탓에 그들은 양소를 발견하자마자 칼을 휘두르며 공격했다.

후우웅!

양소도 그들의 공격에 맞서 장창을 검처럼 잡고 길게 휘둘렀다.

장창의 궤적을 따라서 폭풍 같은 기력이 발출된다. 숭천문 무인들의 칼이 차례로 튕겨 나간다.

"타앗!"

칼날을 튕겨낸 양소는 야랑을 업은 상태에서 무인들 속으로 뛰어들어 난투전을 펼쳤다. 장창으로 내려치고 주먹을 휘두르고 발을 올려치는 양소의 대박에 숭천문 무인들은 추풍낙엽으로 쓰러졌다.

숭천문의 일진을 상대한 것이 아니라고 하더라도 양소의 이러한 실전 무력은 강호의 평가 이상으로 강했다. 실전에서 능력 이상을 발휘한 야랑과 비슷한 경우라고 할 수 있었다.

무인들을 진압한 양소는 북쪽으로 빠르게 내달렸다.

숭천문 무인들이 이곳에 있다는 것은 곧 숭천문주 예위강이 인근에 있다는 뜻이었다. 예위강은 정파 무인으로서 측성대에 올라간 마흔여덟 명 중의 한 존재. 일대일로 싸우면 몰라도 지금은 그가 전력을 기울여 싸울 형편이 되지 못함이니 되도록 마주치지 말아야 했다.

"야랑, 얼마나 더 있어야 하지?"

"조금만 더 버텨주십시오. 한 식경 정도면 몸이 풀릴 것으로……."

야랑이 중도에 말을 멈췄다. 전방에 상황이 발생하고 있었다.

구름처럼 밀려오는 흙먼지.

바람의 영향이 아니라 내력 발출로 인한 인위적인 현상이었다.

"숭권풍!"

양소는 쓴 음성을 뱉어냈다. 우려했던 예위강의 출현이었다. 대응에 바로 나서야 한다. 예위강의 숭권풍에 무방비로 휩쓸리면 골육이 으스러진다. 양소는 삼환창의 중간을 잡고 풍차처럼 휘돌렸다.

쿠쿠쿠쿠쿠!

콰앙!

숭건풍이 양소의 신체를 강타했다. 정확히는 양소가 삼환창으로 휘돌린 회절창의 초식과 맞부딪쳤다.

"으음."

숭권풍이 지나간 다음, 양소는 낮게 신음했다. 단정했던 머리칼은 산발이 되었고, 상의는 군데군데 찢어졌다. 하지만 그런 상태에서도 양소는 제자리에 우뚝 서서 전방의 무인을 노려봤다.

"하! 놀랄 일이로다! 중검대주의 무공이 이렇게 강했던가?"

칠척장신의 청의인.

사중천의 팔주권마 제추산과 권법으로 비교된다는 숭천문주 예위강이었다.

"허나, 중검대주의 항전은 여기까지다. 더 이상의 저항은 용서하지 않는다."

예위강은 강자의 여유를 보였지만 일전을 겨루어본 양소의 생각은 또 달랐다.

예위강과 싸워볼 만하다고 판단한 것이다.

"함부로 자신하지 마시오. 당신 혼자서는 어림도 없소이다."

당신이라는 말에 예위강이 잠시 눈살을 찌푸렸다.

"내가 왜 혼자라고 생각하지? 난 주인에게 덤벼드는 미친개를 잡을 때는 혼자서 움직이지 않아."

예위강의 등 뒤로 스무 명 남짓한 무인이 출현했다.

숭천문의 일급 무인들이었다.

양소는 그들을 돌아보곤 야랑을 바닥에 내려놓았다. 야랑을 업고서는 제대로 싸울 수가 없었다.

"미친개인지 아닌지 직접 확인해 봐!"

"끝까지 항전하겠다는 것이냐? 그건 용기가 아니라 만용이다."

예위강이 수하들에게 눈짓을 보냈다.

숭천문 무인들이 기합을 토하며 양소에게 달려들었다.

양소는 그들이 삼 장 안쪽으로 다가오자 삼환창으로 대지를 강타했다. 땅이 흔들리며 무인들이 비틀거렸다. 절지창의 공격 다음으로 양소는 몸을 공중에 띄워 삼환창을 휘돌려 쳤다. 파괴력을 앞세운 양가창법 삼식, 우레창의 공격이었다.

"크윽!"

"아악!"

두 번의 공격에 숭천문 무인들의 절반이 피를 토하며 바닥을 굴렀다.

예위강이 그 모습을 보곤 눈매를 좁혔다. 일격을 치렀을 때보다 더 강하게 느껴지는 양소의 무력이다. 예위강이 앞으로 달려 나오며 오른손을 뻗었다. 권풍이 폭풍처럼 휘몰아친다.

"하아!"

양소는 삼환창을 내찌르며 권풍에 정면으로 맞섰다.

콰앙!

폭음과 함께 권풍이 사라졌다. 예위강은 양소의 반격에 놀라서 뒷걸음질 쳤고, 그 순간 양소는 눈을 번뜩이며 앞으로 뛰쳐나와 삼환창을 휘둘렀다.

실전에서는 무공의 수준만으로 승부가 결정되지 않는다. 예위강은 천천히 싸워도 되기에 위험한 일격 승부를 피했고, 반면 양소는 부상을 각오하더라도 일격 승부를 내고자 한다.

이 차이는 때론 승부를 가르는 중요한 요소가 되는데 이대로 상황이 진행되면 예위강은 양소의 삼환창에 타격되어 무림 명성에 오점을 남기게 될 가능성이 높다.

하지만 바로 그때 양소의 좌측에서 강맹한 장력이 날아왔다.

"크윽!"

장력에 강타된 양소는 피를 울컥 토하며 바닥을 굴렀다. 왼쪽 어깨의 부상은 둘째 문제다. 양소는 승부에 개입한 무인을 급히 돌아봤다. 황색 갑주를 착용한 중년의 무장. 양소는 그 무장의 얼굴을 확인한 순간 눈빛을 가늘게 떨었다.

무장이 말했다.

"양소! 네놈이 어찌 이럴 수가 있느냐! 당장 무릎을 꿇어라!"

양소는 무장의 얼굴을 마주하지 못했다. 이 무장은 그의 직속상관, 중무단주 척사군 남궐이었다.

"다시 명한다! 중무일대주는 당장 무장을 해제하고 무릎을 꿇어라!"

"으음."

양소는 곤혹한 숨결을 흘리며 뒤를 돌아봤다. 야랑이 그를 일렁이는 눈빛으로 주시하고 있었다.

야랑의 그 눈빛.

신강의 전장에서 양소를 구하고자 적진을 홀로 뚫고 나올 때 보였던 바로 그 눈빛이다.

양소는 삼환창을 바닥에 꽂고 일어섰다.

"단주님과 나의 연은 이 순간부터 끊어졌습니다. 자객을 체포하고 싶으면 내 시체를 밟고 가야 할 것입니다."

남궐이 수염을 부르르 떨었다.

"이놈, 내 너를 그렇게 아꼈거늘 정녕 나를 실망시킬 것이냐!"

양소는 입술을 질끈 깨물었다. 감정을 단호히 끊어야 한다. 그는 삼환창을 남궐에게 겨누며 서릿발 같은 어조로 말했다.

"전사의 결정을 더는 더럽히지 마라! 오라, 적!"

양소의 말 이후 날 선 침묵이 현장에 감돌았다.

침묵 중에 남궐은 무거운 숨결을 토하고는 오른손을 들었다.

남궐의 후방에서 백 명에 가까운 무장 병력이 몰려왔다. 중무단의 전투부대 중천대 무인들이다. 쟁금법이 아니었다면 백 명 그 이상으로 병력을 현장에 투입했을 것이다.

중천대 병력이 공격 포진을 갖추자 남궐이 말했다.

"네가 먼저 연을 끊었으니 나도 이제부터 상관의 연을 끊겠다. 네가 벌인 일이니 원망은 하지 마라."

양소는 중천대 무인들을 노려보며 삼환창을 드세게 말아 잡았다.

달아날 곳도 없고, 달아날 생각도 없었다.

한 식경이면 야랑의 몸이 회복된다고 했으니 그때까지는 무슨 일이 있더라도 버텨낼 각오였다.

"중무단주님, 잠시 공격을 멈추어주세요."

중천대와 대치를 하던 사이에 새로운 무인들이 현장에 나타났다. 방립을 눌러쓴 흑의인들. 동심맹의 이대살수조직 중의 하나인 흑단의 살수들인데 그들을 인솔해서 온 책임자는 소유진이었다.

소유진의 말에 남궐이 순순히 뒤로 서너 걸음 물러섰다. 양소의 처단을 다른 조직에 넘기고 싶어 하는 눈치였다.

남궐을 뒤로 물린 소유진은 양소의 앞으로 다가가서 말했다.

"양 대주, 어리석군요. 이렇게 한다고 해서 당신이 원하는 결과가 나올 것 같아요?"

"……."

"이건 수습이 아니라 파국으로 향하는 결정이에요. 다시 한 번 깊게 생각하세요. 우리가 같이 노력한다면 당신도 살고, 양가장도 살고, 야랑도 살 수 있는 길을 찾을 수 있을 거예요."

양소가 말했다.

"당신이 뭐라고 하던 내 결심엔 변함이 없소. 내 손으로 당신을 해치고 싶지 않으니 후방으로 물러나시오. 이는 내가 당신에게 베푸는 마지막 호의요."

소유진이 고개를 저었다.

"대체 왜 이렇게 극단으로 행동하세요? 당신의 인생에서 야랑이 그렇게 중요한 존재인가요?"

양소는 대답을 하지 않았다. 삼환창을 세워 전의를 불태우고 있을 뿐이었다.

양소의 무응답에 소유진은 야랑을 돌아봤다.

"당신들은 정말 이상한 사람이에요. 권력을 잡은 이들과 동행하는 것이 그렇게 어려운 일인가요? 한 번만 머리를 숙이면 더 나은 생을 살아갈 수도 있잖아요?"

야랑이 말했다.

"이상하다는 말, 함부로 하지 마. 우리처럼 살아보지 않고는 너흰 절대 우리 마음을 몰라."

소유진이 야랑을 빤히 주시하며 입을 오물거렸다. 기밀을 유지하고자 전음을 보내고 있었다.

[청부 대상은 한 사람이었어요. 왜 두 사람을 같이 죽였죠?]

[훙! 내가 도리어 묻고 싶군. 청부 대상이 왜 둘이 된 거지? 너희가 청부한 진짜 저격 대상은 누구였던 거야?]

[청부를 망치고자 당신이 의도적으로 정보를 흘린 것이 아닌가요? 조직에서는 그렇게 판단하고 있어요.]

[웃겨! 저격 대상이 누구인지도 몰랐는데 내가 어떻게 저격의 정보를 다른 곳에 넘겨.]

[정말이에요? 믿어도 돼요?]

야랑이 전음을 끝내고 입으로 말했다.

"믿든가 말든가, 난 상관하지 않으니 네 마음대로 생각해. 너흰 어차피 세 번째 청부를 내게 하지 않을 테니까."

소유진의 안색이 살짝 굳었다.

세 번째 청부가 없다는 것을 야랑이 이미 알고 있었다.

대화는 이제 원래의 사안으로 다시 돌아간다.

"투항할 기회를 한 번 더 주겠어요. 이 기회를 놓치면 당신 대신 양 대주가 죽게 될 거예요."

"그건 저 사람에게 물어봐. 나 역시 저 사람이 나 대신 죽는 것은 원하지 않아."

말은 그렇게 했지만, 이 순간 야랑은 양소를 응시하며 다른 내용의 전음을 보내었다.

[일각 남았습니다. 괜찮겠습니까?]

[걱정 마. 문제없어.]

[참, 부탁했던 내 전투바랑은 어떻게 되었습니까?]

[기다려. 곧 가지고 올 거야.]

[가지고 온다고, 누가?]

양소가 묘한 미소를 지으며 입을 열었다.

"실은 그놈들이 방금 이곳에 도착했다. 멋진 놈들이야. 한 놈도 복귀의 명을 거부하지 않았어."

영문 모를 말을 양소가 중얼거리자 소유진이 무언가 의심스러운 눈으로 쳐다봤다.

양소는 창을 한 바퀴 돌려 전투 자세를 잡았다.

"자, 어서 시작하자고. 난 입으로 하는 싸움은 익숙하지 않아."

소유진이 뒤로 물러서서 손짓을 해보였다.

흑단의 살수들과 중천대 무인들이 양소를 향해 서서히 전진하기 시작했다.

"하하! 지금 장난하냐? 그렇게 해서 무슨 싸움을 하자는 거냐!"

양소가 앞으로 뛰쳐나와 먼저 싸움을 걸었다.

자신감이 철철 넘치는 양소의 모습.

대적 상황을 어렵게 견뎌냈던 이전의 모습과는 판이하게 다르다.

양소의 변화된 이런 모습은 소유진과 남궐, 예위강을 몹시 곤혹하게 하였다.

대체 무엇을 믿기에 저렇게 신이 날 정도로 자신감에 넘쳐

난다는 말인가?

이유는 곧 밝혀졌다.

양소가 선두의 무인들과 한바탕 격전을 치르고 원래의 자리로 돌아왔을 때, 동심맹 포진의 후방에서 일곱 줄기의 신형이 양소를 향해 쭉 달려왔다.

"어어?"

"뭐, 뭐야!"

콰광! 퍽퍽! 카캉! 투투투!

일곱 방향에서 화약 폭탄이 터지고 발길질이 오가고 칼이 휘돌고 도끼가 번쩍였다. 그러는 가운데 칠 인의 사내가 동심맹 포진을 뚫어내고 하나하나 양소 앞에 도착했다.

그중 가장 빠르게 도착한 이는 일 보에 삼 장씩 쭉쭉 날듯이 달려온 이십 대 후반의 마른 남자였다.

"중검대 육조 조장 탈천행 노관걸 대주께 부대 복귀를 신고합니다!"

신고를 마친 노관걸은 그 즉시 야랑에게 다가가서 전투바랑을 건넸다.

"켈켈! 야랑, 살아 있었구나!"

노관걸 다음으로 양소 앞에 도착한 이는 짧은 단검을 어깨에서부터 허리까지 주렁주렁 매단 청년이었다.

"일조 조장 쇄비수 임건, 부대 복귀를 대주께 신고하외다!"

임건 역시 신고와 동시에 바로 야랑에게 뛰어갔다.

"우우! 정말 보고팠다, 야랑!"

임건 이후로 네 사람이 동시에 양소 앞에 도착했다.

"칠조 조장 쌍부도 육산, 부대 복귀했습니다!"

"이조 조장 취절편 왕맹 부대 복귀 신고요!"

"삼조 조장 낭자곤 장진, 부대 복귀했소이다!"

"사조 조장 유성탄 백석, 부대 복귀 완료!"

이들 네 사람도 신고와 동시에 야랑에게 몰려가 호들갑을 떨었다.

"과연 야랑이야! 이번에 사고 한번 대차게 쳤다!"

"우히히! 난 그럴 줄 알았어. 이놈은 우리와는 씨가 다른 종자거든."

일곱 번째, 마지막으로 양소 앞에 도착한 대원은 철퇴를 손에 든 팔 척 거구의 사내였다.

"우씨, 또 늦었다! 대주, 육조 거연이야! 나 바쁘니까 나중에 신고할게!"

거연이 바쁜 이유는 야랑과 빨리 접촉하기 위해서이다. 거연은 야랑에게 뛰어가 두 손으로 번쩍 안아 들었다.

"야랑! 넌 오늘 내 손에 뒈졌어! 이런 재밌는 짓을 어떻게나 빼놓고 할 수 있어!"

말은 거칠게 하지만 서로를 바라보는 눈빛에는 정감이 가득했다. 거연은 덩치에 걸맞지 않게 눈물까지 글썽일 정도였다.

한편 이들의 갑작스런 출현에 동심맹 무인들은 하나같이 얼떨떨한 표정으로 변했다. 동심맹이 공식으로 작전을 진행하는 곳이었다. 이 자리에는 천하에서 명성을 떨치는 동심맹의 핵심 고수가 셋이나 되었다. 한데도 이들 칠 인은 동심맹의 전투 포진을 전혀 안중에 두지 않고 있었다.

그 정도로 무력에 자신을 가진 무인들이란 말인가?

의문을 해소하는 실체 파악은 그다지 오래 걸리지 않았다.

예위강이 칠 인의 사내를 쭉 돌아보곤 실소를 머금었다.

"하! 그러니까 전장의 떨거지들이 모여 작당 모의를 했다는 건가?"

전장의 떨거지.

양소와 같이 신강의 전장에서 활동했던 대원들을 의미함이다.

"중무단주께서는 저들에 대해 알고 계십니까?"

예위강의 물음에 남궐은 고개를 저었다. 남궐은 강호로 복귀한 양소의 직속상관이지, 신강에서 이들을 지휘했던 중무련의 책임자가 아니었다. 이들이 신강에서 활동할 때의 중무련 수장은 호적선이었다.

예위강이 이제 상황 정리에 나섰다.

"중무단주, 항전의 뜻이 역력한데 체포할 필요 없이 모조리 척살합시다."

남궐도 동의했다.

"그리하지요. 양소는 본인이 맡을 테니 숭천문주는 나머지 놈들을 처리해 주시오."

공격 합의를 본 예위강은 양소 앞으로 나섰다.

"믿고 있던 것이 신강에서 데리고 온 네 수하들이냐? 안 됐지만 그들로는 탈출조차 하지 못한다. 현재 너희의 후방에도 동심맹의 무인들이 포진해 있다."

예위강의 말은 허언이 아니었다. 양소의 진로가 막혀 있던 그 사이에 동심맹의 무인들이 꾸준히 몰려왔고, 그래서 이 시각 현장 일대에는 삼백 명에 이르는 삼중의 공격 전열이 갖춰져 있었다.

"그거야 붙어보기 전에는 모르지."

양소는 냉소에 이어 대원들을 쳐다봤다. 야랑과 해후를 즐기고 있던 대원들이 양소의 눈짓에 앞으로 나와 일렬로 늘어섰다. 결전의 의지. 두려움을 보이는 대원은 아무도 없었다.

대원들의 이런 모습에 예위강은 짜증의 심정을 드러냈다.

"보자보자 하니까 아주 헛간이 부었군. 대체 여덟 명으로 뭘 어떻게 하겠다는 거야."

예위강이 조롱의 말을 마쳤을 때였다.

"누가 여덟 명뿐이라고 그래!"

대원들의 뒤편에서 누군가가 쏜살처럼 뛰쳐나왔다. 정확히 설명하면 음성보다 먼저 뛰쳐나왔다.

"어?"

돌연한 기습에 예위강이 멈칫했다. 반사적으로 손을 휘돌려 보지만 방어 수단은 되지 못했다. 사각 지대에서 예상치 않게 튀어나왔고, 또 거기에 더해서 빛살처럼 보인다고 할 정도로 기습의 속도가 빨랐다.

기습한 상대가 눈앞에 다다르자 정체가 파악된다. 자모총통을 겨누고 달려온 야랑이다.

푸앙!

야랑의 오른손에서 총성이 울렸다.

"윽."

예위강은 선 자세로 몸을 움찔했다.

이마 중앙에 박힌 총환.

어처구니없는 사태가 발생했지만 이 순간 예위강의 뇌리에 떠오르는 물음은 하나뿐이다.

"왜, 왜……?"

야랑이 예위강의 말을 끊었다.

"왜 하필 당신을 먼저 공격했냐고?

그는 자모총을 요대로 돌려 넣고 철검을 빼들 었다.

"난 원래 센 놈부터 죽여."

말에 이어 야랑은 예위강의 목에 철검을 휘돌려 쳤다.

허공으로 붕 떠오르는 예위강의 목!

이 순간 현장 일대는 경악의 감정으로 뒤덮였다.

숭천문주 예위강이 죽었다. 그것도 아무것도 못 해보고 허무하게 목이 잘렸다.

이게 정말 가능한 일인가? 예위강이 저렇게 생을 마쳐도 되는 것인가?

중무단주 남궐과 소유진도 일반 무인들의 그런 심정과 별다르지 않았다.

그들은 너무도 충격적인 현실 앞에 공격을 명해야 한다는 생각까지도 하지 못했다.

현장의 시선이 주목된 가운데 야랑이 자신의 어깨를 슬쩍 건드렸다.

어깨에 장착된 적멸기선이 무인들에게 조준된다.

화음에서 소진되었던 적멸기선이 아니다. 오늘의 상황에 대비해 새로이 암기를 장전해 둔 적멸기선이다.

야랑이 적멸기선을 날릴 태세를 갖추자 양소가 앞으로 나섰다.

항전을 하든, 항복을 하든 이제부터는 양소의 의지에 따라 결정된다.

양소는 남궐과 소유진을 진한 눈빛으로 응시하곤 말했다.

"권력에 기대어 살아가면 편할 것인데 우리가 왜 어렵고 고된 길을 택하느냐고?"

"……."

"전 무림을 상대로 싸우건만 우리가 왜 두려워하지 않느냐고?"

"……."

남궐과 소유진은 양소의 말을 듣기만 할 뿐 아무런 표현을 하지 못했다.

야랑의 돌발적인 기습에 이은 양소의 결연한 모습이 그들의 움직임마저도 고정시켜 버렸다.

"그것은 나약과 강함의 차이도 아니며 옳고 그름의 문제도 아니다. 우리가 그렇게 할 수 있는 것은 바로 협객의 의리와 전사의 용기를 가슴속에 담고 있기 때문이다."

양소가 창을 하늘로 세워 들었다.

칠 인의 조장들도 병기를 뽑아냈다.

이어서 선창과 후창으로 연결되는 사내들의 외침이 있었다.

"의리를 모르면……."

"의리를 모르면 협객이 아니다!"

"용기가 없으면……."

"용기가 없으면 전사가 아니다!"

양소가 창끝을 전방으로 돌리고 단호히 명했다.

"중무대 돌격!"

6장

귀환 병사의 밤

검신의 죽음으로 무림의 분위기가 뒤숭숭한 가운데 강호를 발칵 뒤집는 사건이 또다시 발생했다. 이번엔 십일월 십칠일 하루 사이에 연달아 두 건이나 터졌다. 그 시작은 측성대 저격 사건이었다.

미시 무렵 측성대 연회장에서 군자성 부부가 자객에게 피습됐다. 자객은 대담하게도 정파와 사파의 절정 무인들이 집결한 현장에 잠입하여 저격을 감행했다. 그때 연회장에 자리했던 무림 고수들은 누구도 자객의 저격을 막지 못했다. 얼굴조차 제대로 본 사람이 없을 정도로 자객은 빠르고 확실하게 저격을 끝마쳤다.

군자성은 무림맹 결성에 주도적인 역할을 하는 존재다. 그런 군자성이 저격되었다는 것은 곧 무림맹 결성에 엄청난 악영향을 끼치게 된다는 뜻과 같았다. 어쩌면 무림맹 결성이 물거품이 될 수도 있었다.

이미 그런 조짐이 측성대 사건 현장에서 대두됐다. 자객의 저격을 저지하는 과정에서 매불립과 여불청이 일전을 치렀다. 비록 순간적으로 벌인 대결이지만, 그것만으로 무림인들을 초긴장시키기에 충분했다.

맹주 자리를 두고 정파와 사파의 대립이 극심했던 최근의 시기다. 정파와 사파의 합의로 무림맹이 결성되지 않는다면 통합의 논리는 강자존의 논리, 무림 전쟁으로 변질될지 모른다.

강호를 두 번째로 충격에 빠뜨린 사건은, 측성대 저격 사건의 연장선상에서 벌어졌다. 자객을 추격하는 과정에서 천라지망을 펼친 동심맹의 무인들과 자객이 충돌했다. 정확히는 자객과 여덟 명의 동조자가 동심맹의 포진을 깨부수며 전투 현장을 돌파했다.

당시 동심맹은 일선에만 백 명의 무인이 있었고 이선과 삼선에는 삼백 명도 넘게 포진했다. 전투 현장으로 나온 동심맹의 무인들은 어중이떠중이를 모아놓은 삼류가 아니었다. 쟁금법 때문에 각파에서 차출되어 측성대로 온 정예 무인이었다.

반면 자객의 동료들은 삼류들만 참전한다는 신강 전장의 전역병 출신으로 양소 외에는 무림에 제대로 이름이 알려진 자가 한 명도 없었다. 따라서 상식적인 견지에서 보면 당연히 동심맹의 무인들이 압도적으로 승리해야 옳았다.

그런데 현실은 완전히 그 반대로 나타났다. 아홉 명이 삼백 명을 일방적으로 몰아붙이며 전투 현장을 돌파했다. 그들이 일급 고수를 농락하는 대단한 무공을 발휘한 것은 결코 아니었다. 무림인들이 두려워하는 희대의 병기를 소지한 것도 아니었다. 그들은 전장에서 싸우는 방식 그대로 칼을 휘두르고, 도끼로 내리치고, 주먹으로 타격하고, 발로 짓밟고, 때론 철퇴로 뒤통수를 깨부수며 동심맹의 포진을 뚫고 나갔다.

상식을 깨는 이러한 결과가 나오게 된 요인은 크게 세 가지였다.

첫째로 아홉 명의 중무대원들 모두가 오늘과 같은 난전을 지겹도록 겪어본 노련한 병사라는 것이었다. 그들과 비교해 동심맹의 무인들은 이러한 난전을 거의 치러보지 못했다. 동심맹 무인들은 전투 내내 허둥댔고, 때론 상부의 작전 지시마저 엉터리로 수행했다. 경험이 개인 무력을 앞서 버리는 결과라고 할 수 있었다.

둘째는 돌격 작전을 명확히 구사한 양소의 지휘력이었다. 양소는 아홉 명의 대원과 오랫동안 같이 전장에서 생활했다. 그러기에 돌격에서 그들의 능력을 최대한으로 이끌어내는 전법에 대해 아주 잘 알고 있었다. 그는 공격할 때는 이열 종대로 뚫고 나갈 것을 명했고, 막힌다 싶으면 주저 없이 이열 횡대로 물러서라고 명했다. 상황의 여의치 않으면 그 자신이 직접 선봉으로 나와 용맹하게 길을 열었다.

셋째는 난전이 시작되자마자 물 만난 고기처럼 전장을 헤집고 다닌 야랑의 활약이었다. 예위강을 기습 척살해서 전투 현장을 아연실색하게 만들었던 야랑은 이어진 중무대 돌격에서도 적멸기선을 발사해 동심맹의 포진을 단박에 뚫어냈다. 멋모르고 야랑을 막은 동심맹의 무인들은 그것이 어떤 위력의 암기인지, 어떻게 발사되는지조차 모른 채 적멸기선의 밥이 되어 버렸다.

또한 그는 돌격 과정에서 저격수의 능력을 최대한으로 발휘했다. 대원들이 양소의 지휘를 받으며 적진을 뚫고 나갈 때 그는 돌격전열에서 벗어나 그야말로 동에 번쩍 서에 번쩍 움직이며 동심맹의 지휘부 무인들을 처리했다. 원거리에서는 쇠뇌전을 쏘았고, 근거리에서는 탄지금과 혈선표를 날려 수뇌부를 저격했다. 그러다가 무인들이 집단으로 몰려와 그를 포위 공격하면 쾌월광의 초식을 발휘해 순식간에 그곳을 벗어나 버렸다.

그의 저격이 그렇게 계속 진행되자 전투 현장에는 일반 무인들만 남고 지휘 무인들은 전부 죽거나 숨어버려 동심맹의 지휘 체계가 무너져 버렸다. 그래서 이대로는 안 되겠다 싶어 중무단주 남궐이 나섰는데 오히려 그의 저격에 지옥 문턱까지 다다라 버렸다.

남궐은 치열한 난전 중에 나름으로 일대일의 대결 조건을 만들어 야랑에게 달려들었다. 하지만 그 순간 야랑이 망혼보를 발휘해 남궐을 깜짝 놀라게 하였다. 남궐은 야랑이 군자성을 저격한 자객이라고만 알고 있었지, 그가 아비객이라는 사실은 몰랐던 상태다.

남궐이 뒤늦게 대처에 나섰지만 한 번 잡은 승기를 놓칠 야랑이 아니었다. 그는 탄지금으로 남궐의 시선을 교란한 다음, 능광검법을 바로 사용했다. 승부가 길어지면 불리하다고 판단해 교전과 동시에 최강의 무공을 발휘한 것이다.

남궐은 능광검에 복부가 관통됐다. 치명상은 면했지만 전투 현장에서 남궐의 역할은 거기까지였다. 오히려 남궐이 쓰러진 모습에 동심맹 무인들의 동요가 극에 달했다. 지휘 체계는 무너졌고 장수는 사라졌으며 저격수는 길길이 날뛴다. 이런 상황에서는 동심맹 무인들이 아무리 수적 우위에 있다고 한들, 사자처럼 돌격하는 중무대원들을 막아낼 수가 없었다.

그렇게 돌격을 시작한 한 시진 만에 중무대는 팔십 리를 돌파해 버렸다.

장거리 돌격전에 몸과 정신이 극도로 피곤하지만 중무대 대원들은 힘든 기색을 표출하지 않았다. 그런 대원들을 지켜보는 야랑도 그다지 편한 안색은 아니었다. 재회한 것이 반갑고 함께 있어 즐겁지만, 그들의 도움이 그에게 부담으로 다가오는 것이었다. 이전에는 혼자 죽으면 그만이었지만 앞으로는 동료의 삶도 그의 행로에 엮여 있었다. 그는 이제 그들의 삶까지 지켜내야 할 의무가 있었다.

측성대 저격 세 시진, 술시 왕옥산.

동심맹이 전열을 새롭게 갖추어 중무대를 추적하게 된 것은 동심구존 중의 한 존재인 형산파 장문인이 전투 현장에 도착하면서였다.

형산지존 진서벽은 중검(重劍)으로 무림 검가에서 한 획을 그은 위인이었다. 태벽검이라 불리는 그의 검법은 현란하지도 않고 빠르지도 않지만, 검공의 무거움만큼은 단연 무림 일절이었다. 진서벽이 검을 들면 대적 상대는 숨조차 제대로 쉬기 힘들 정도로 검압에 시달린다. 그는 중검을 앞세운 이 검법으로 검가의 경쟁자들을 무수히 무릎 꿇렸다.

오래전에 화연산이 중원의 검가를 정복하겠다며 사천에서

나왔을 때 그의 비무검행을 최종적으로 저지한 검사가 바로 진서벽이었다. 당시 비무장에서 화연산을 만난 진서벽은 조용히 검을 빼내 앞으로 내밀었고, 그것으로 둘의 승부는 아무것도 해보지 못하고 무승부로 끝나 버렸다.

후에 진서벽은 그날의 승부에 대해 이렇게 총평했다.

"검초가 현란하고 검속이 빠르다는 것은 장점이지만, 그것만으로는 천하제일검사가 되지 못한다. 사천의 검신이 진정한 검신으로 거듭나려면 검의 고요 속에 담긴 중검지도에 대해서 알아야 한다. 심해 같은 절대적 고요 속에서는 어떤 빠름도 어떤 현란함도 평범함의 한계를 넘지 못하는 법이다."

진서벽은 검공의 무거움만큼 행동도 신중하기로 정평이 나 있었다. 남궐을 대신해 일선 지휘권을 잡은 그는 공격을 중단시키고 황하로 향하는 주요 거점에 저지선만 구축하라고 명했다. 궁지에 몰린 쥐는 쫓기만 해도 충분히 포획할 수 있다는 논리였다.

진서벽의 이런 대응은 확실히 효과가 있었다.

난전이 벌어지지 않으니 중무대의 돌파 속도가 오히려 떨어졌다.

그리고 황하로 향하는 요충지를 선점해서 튼튼히 지키고

만 있으니 난전은 여간해서 벌어지지 않았고 혹여 중무대와 충돌하더라도 무인들은 전투 상황에서 흥분하지 않고 바르게 대응할 수 있었다.

이와 같은 조치에 중무대는 결국, 뚫어낼 길을 찾지 못하고 날이 으쓱한 무렵, 우공이산의 고사로 잘 알려진 하남성 북부의 왕옥산(王屋山)으로 들어가 버렸다.

진서벽도 중무대를 뒤따라 왕옥산 초입으로 지휘 본부를 옮겼다.

왕옥산 진영에 일찍 합류한 고수들 중에서 진서벽과 비교될 수 있는 무림인은 황보세가의 가주 황보염과 절강제일검으로 불리는 미학검사 백리문이었다. 동심맹주와 가까운 황보염의 지원은 당연한 일이겠지만 백리문의 합류는 진서벽에게 상당히 뜻밖이었다.

진서벽이 중검으로 명성을 떨친다면 백리문은 미검(美劍)의 대가였다.

백리문은 모양이 갖춰져 있지 않은 검형, 아름답지 않은 검초, 예의가 없는 검식은 아무리 위력이 강해도 절정의 검법이 아니라고 주장했다. 그래서 그는 자신의 검론에 어긋나는 상대라면 설령 원수라고 해도 검을 들고 싸우지 않았다.

혹자는 그를 두고 미학에 취해 검법을 유흥으로 즐기는 한량이라고 비판하지만, 분명한 것은 그가 이제껏 검 대 검의 대결에서 한 번도 지지 않았다는 것이다.

아울러 그는 자기의 검론에 맞는 상대라면 사흘 밤낮을 매달려서라도 승부를 펼칠 만큼 검사로서 강한 승부욕도 소유했다. 이 때문에 진서벽이 화연산을 상대로 무승부를 이루었을 때 백리문은 누구보다 아쉬워했다. 진서벽 다음으로 화연산을 상대할 검사가 바로 백리문 본인이었던 것이다.

백리문이 자신의 검론과 맞지 않는 난전의 현장에 온 것은 남모른 이유가 있을 터다. 군자성을 저격한 자객을 처단하겠다는 의협심은 절대로 아니다. 실제로 그는 진서벽의 진영에 오고 나서 동심맹의 작전에는 일체 관여하지 않았다.

진서벽도 그 점을 잘 알기에 왕옥산 작전 논의에서 백리문을 객으로만 접대했다.

현재 진서벽이 주재하는 작전 논의는 거의 마무리되고 있었다.

"놈들은 왕옥산 풍계림에 숨어 있는 것으로 확인됐소이다. 이제 공격을 해야 하지 않겠소?"

황보염이 공격을 주장했다. 그의 논리로는 고립된 장소에 있을 때 중무대를 섬멸하자는 거다.

"황 가주님의 생각이 옳습니다. 천기당에서도 이 밤을 넘기지 말라는 명이 내려왔습니다."

황보염의 주장에 홍사청이 동의했다. 홍사청은 동심맹 중사단의 단주로서 남궐의 부상 이후 소유진과 함께 이곳으로 급파됐다.

"흐음."

진서벽은 홍사청을 힐끗 쳐다보곤 불편한 숨결을 흘려냈다.

형산파는 정파 연합 단체로서 동심맹에 속해 있지, 동심맹의 명을 받는 하부조직이 아니다. 아무리 상황이 위급해도 조순이 그에게 이래라저래라 명할 수는 없는 노릇이다.

"무림에서 활동하는 몸이지만, 나도 전장의 일처리에 관해서 한 가지는 알고 있소. 야전의 지휘자는 현장에 있는 장수요. 천기당주는 지금 이곳에 없으니 그런 말은 이제부터 하지 마시오."

진서벽의 말에 홍사청은 반박을 하지 못했다. 남궐보다 무림 배분이 더 높은 진서벽이었다. 불만이 있다고 해서 홍사청이 어찌 해볼 상대가 아니었다.

진서벽이 백리문을 돌아보며 물었다.

"그래, 아우의 생각은 어떠신가? 우리가 이 밤에 공격을 하는 것이 옳겠는가?"

갑작스러운 물음이다.

백리문은 진서벽을 잠시 응시하곤 고개를 저었다.

"글쎄요. 나는 이런 일에 익숙하지 않아서 옳은 대책이 어떤 것인지 잘 모르겠습니다. 사실, 진 장문인의 오늘 모습은 내겐 많이 어색합니다. 내가 알던 장문인은 검론을 논하며 검공을 증진하던 무림의 검사였지, 전장의 장수 같은 사람이 아니었습니다. 체형에 맞지 않은 옷을 입으면 사람까지도 못나게 보이는 법입니다. 장문인께서 본래 모습으로 빨리 돌아오시기를 부탁드립니다."

은근한 비판이다. 무림인으로서 지금의 모습은 어울리지 않으니 빨리 그만두라는 것이다.

진서벽이 백리문을 진중히 쳐다봤다.

"미학을 추구하는 백리 아우의 검론에 토를 달 생각은 없네. 다만 후배를 아끼는 무림의 선배로서 내 한 가지만 충고하고자 하네. 들어주겠는가?"

"경청하지요."

"군 대협의 피습으로 무림이 극심하게 요동치고 있네. 어쩌면 오늘의 사태는 천하를 뒤덮는 대란의 예고편일지도 모르네. 전란이 벌어지면 백리 아우의 미학 검론은 사치에 지나지 않는 검공이 될 것이네. 하니 자네도 이제부터는 현실적으로 나설 준비를 해놓으시게."

백리문이 피식 웃었다.

"그땐 검을 버리고 쟁기를 들면 되지요. 나는 칼잡이의 삶을 사느니 밭가는 농부가 되겠습니다."

진서벽의 충고는 거기까지다. 홍사청의 말이 그에게 먹혀

들지 않았듯, 그가 지금 무슨 말을 하더라도 백리문에게는 충고로 들리지 않을 것이다.

진서벽은 시선을 마지막으로 소유진에게 돌렸다.

소유진은 천기당의 명을 받들어야 함에도 지금껏 아무런 견해를 밝히지 않았다.

"유진이 네 생각은 어떠하냐? 내 듣자니 자객과 양소에 관해서는 네가 누구보다 잘 알고 있다고 하더구나."

어린 시절, 소유진은 천기당에 몸담기 전 형산파에서 한동안 생활했다. 그러기에 진서벽은 소유진을 제자처럼 스스럼없이 대했다.

"저는……."

말하기에 앞서 소유진이 홍사청을 슬쩍 쳐다보았다.

눈치를 보고 있음이다. 그 모습을 본 진서벽은 강한 어조로 말했다.

"이 자리는 천기당이 전략 회의를 하는 곳이 아니다. 남의 눈치 볼 것 없이 현장에서 겪어본 책임자로서 본인의 생각을 말해보라."

진서벽이 힘을 실어주자 소유진은 용기를 내어 의견을 피력했다.

"저는 풍계림으로 들어가는 것을 반대합니다. 특히 기습을 한다고 하여 밤에 들어가는 것은 절대로 안 됩니다."

의외의 말. 천기당주의 뜻과 위배된다.

진서벽은 이유를 다시 물었다.

"왜 그렇게 생각하지?"

"중무대원들은 북진이 가능함에도 굳이 왕옥산으로 들어가 고립을 자청했습니다. 이는 유인이며 또한 그만큼 야간 전투와 산악 전투에 자신을 하고 있다는 뜻입니다."

소유진이 말을 마치자 홍사청이 바로 반발했다.

"부당주의 말은 지나친 해석이오. 놈들은 고작 아홉 명이거늘 무슨 수로 유인 작전을 펼친단 말이오. 고립된 놈들을 일망타진할 기회이니 나약한 말을 더는 하지 마시오."

"그 아홉 명에게 동심맹의 포진이 백 리나 뚫렸습니다. 홍단주께서는 이 점에 대해 어떻게 설명을 하시겠습니까?"

소유진의 이어진 반문에 홍사청은 입을 다물었다. 아홉 명에게 백 리가 뚫린 것은 도무지 설명이 안 되는 결과이다.

홍사청의 무응답 속에서 진서벽이 결정을 내렸다.

"자객 일당이 왕옥산을 빠져나가지 않는 한 야간 공격은 없는 것으로 하겠소. 최종 공격은 내일 새벽 동심맹의 지원군이 도착하면 그때 결정하겠소."

회의가 일단락되자 홍사청이 불만스러운 얼굴로 소유진을 노려보곤 자리를 먼저 떠났다.

소유진은 착잡한 숨결을 내쉬었다. 이 논의는 천기당에 바로 보고가 된다. 그녀는 이제 문책을 피할 수 없게 될 것이다.

진서벽이 소유진의 그런 모습을 지켜보며 말했다.

"유진아, 이번 일이 마무리되면 나와 같이 형산으로 가자. 내 무림 인생에서 가장 후회스러웠던 것은, 어린 너를 천기당에 맡겼던 바로 그때의 일이다. 네가 다시 돌아오겠다면 형산의 전통을 깨는 한이 있더라도 내 너를 제자로 받아들일 것이다."

"아."

소유진은 떨리는 눈으로 진서벽을 쳐다봤다.

형산파는 역대로 남자 제자들만 받아 왔다. 그래서 그녀는 어린 나이에 정든 형산을 떠나 천기당에 들어가야 했다.

형산으로 복귀.

지금이 아닌 다른 인생을 살 수 있는 기회.

그리되면 야랑과 더는 적으로 만나지 않아도 된다.

소유진은 천기당과 형산파 재입문을 두고 깊이 고민하기 시작했다.

측성대 저격 다섯 시진, 해시 왕옥산.

풀벌레가 울어대는 깊은 밤이다.

담사연은 동심맹의 진영이 한눈에 내다보이는 산등성이에 잠복해 칠채궁의 조준구를 들여다보고 있었다.

동심맹은 중무대가 풍계림으로 피신했다고 여겼지만 실상

은 그게 아니었다. 중무대는 풍계림에 들어가는 순간부터 산악 야간 전투에 대비했다. 일종의 유인 작전을 펼친 것인데 동심맹이 만약 중무대를 뒤쫓아 풍계림으로 들어왔다면 크게 피해를 보았을 터다.

"야랑, 그만 돌아가자. 오늘은 공격이 없을 것 같다."

등 뒤에서 낮은 음성이 들려왔다. 양소의 음성이기에 담사연은 경계 없이 조준구로 적진 관찰을 계속했다.

양소가 그가 있는 곳으로 다가와 옆자리에 같이 엎드렸다.

"더 지켜봐야 할 사안이 있어?"

"아니요."

"하면, 지금 저격하려고? 거리가 너무 멀잖아?"

칠채궁의 조준구에 한 사람이 조준되어 있다.

형산파 장문인 진서벽이다.

저 사람의 개입으로 말미암아 그의 작전 계획이 많이 뒤틀렸다.

그는 조준구를 주시하며 저격 거리를 측정해 봤다.

저격 거리 사십오 장!

그는 격발 장치에 손가락을 걸었다.

"정말 쏘려고?"

양소가 긴장된 음성으로 한 번 더 물었다.

담사연은 조준구를 맞춘 채 가상 격발을 해보고는 칠채궁을 아래로 내렸다.

"대주님의 말처럼 거리가 너무 멉니다. 이 거리에서 저격하려면 구채궁으로 쏘아야 합니다. 그리고 지금은 저격에 나설 시점도 아닙니다."

저격에 나설 시점이 아니란 말. 더 큰 전과를 올릴 작전을 구사 중이라는 뜻이다.

"저 사람이 참 대단하게 느껴집니다. 난 당연히 동심맹이 우리를 따라 풍계림으로 들어오리라 예상했거든요."

둘의 대화에서 거론되는 존재는 남궐과 예위강 이후로 동심맹의 야전 지휘를 맡은 진서벽이다. 진서벽은 현재 신원이 불분명한 청의검사와 함께 진영을 거닐고 있다.

"아까도 말했듯 전략이 대단한 위인이 아니라, 원래 그렇게 신중한 사람이야. 들리는 말에는 무언가 찜찜하면 돌다리를 두들겨 보고도 안 지나가는 성격이라고 하더군."

담사연은 양소를 돌아보곤 잠시 침묵했다가 물었다.

"검신과 비교하면 진서벽의 무공은 어떻습니까?"

"중검으로 천하십대검사에 오른 인물인데 예전에 검신과의 승부에서 무승부를 이루었어. 내 생각으로는 그때 진서벽이 검신의 장래를 위해 한 수 접어준 것 같아."

"흐음."

양소의 설명에 담사연은 낮게 한숨을 내쉬었다.

"왜? 진서벽이 그렇게 버겁게 느껴져?"

"사람이 버거운 것이 아니라 무림이란 세계가 버겁습니다."

"무슨 뜻이지?"

"단화진, 육추성, 화연산, 등 무림에 나온 후로 만만한 저격 대상은 하나도 없었습니다. 나는 저런 무인들이 끝도 없이 나오는 무림이 이제 두렵습니다. 내가 과연 무림인 전부를 상대로 대적한다는 것이 가당키나 할까요?"

담사연의 말에 양소가 피식 웃었다. 당연한 것을 심각하게 받아들이고 있다.

"천 년을 넘게 이어온 강호 무림이야. 그 안에는 나서 죽을 때까지 검술만 수련하는 검파와 검가가 백 곳도 넘어. 야랑의 현 심정처럼 무림의 힘은 사람이 아니라 바로 그 무림 단체에서 나와. 예를 하나 들면, 이번에 야랑이 검신을 저격한 사건으로 점창파가 몰락의 길에 접어들었지만, 그건 어디까지나 한시적인 현상이야. 십 년 후에는 또 다른 검신이 점창파에서 나올 거야. 강호에는 이런 말이 있지. 장강후랑추전랑. 장강의 앞물결은 뒷물결에 밀려 나간다는 건데 그게 바로 무림이야. 무공이 아무리 뛰어난 무인도 무림이라는 도도한 흐름 앞에서는 작은 존재가 될 수밖에 없어."

긴 말을 마친 양소가 야랑의 어깨를 툭 치며 일어났다.

"자, 그만 가자. 넌 검신과 궁마를 저격했던 아비객이야. 네가 그런 말을 하면 난 더 허탈해진다고."

담사연도 칠채궁을 들고 같이 일어났다. 일어선 후에 그는 진서벽이 있는 곳을 한 번 더 쳐다보며 물었다.

"혹시 저 사람은 누구인지 아십니까?"

"누구?"

"진서벽의 옆에 있는 청의검사 말입니다."

"글쎄, 나도 잘 모르겠어. 예사롭지 않아 보이기는 한데 무림에는 워낙에 난 놈들이 많아서 내가 다 알 수는 없어."

말에 이어 양소가 먼저 풍계림으로 향했다.

담사연도 양소를 뒤따라 어둠 속으로 걸어갔다. 찜찜한 점이라면 걸어가는 내내 한 사람의 모습이 그의 뇌리에 떠올랐는데 그게 진서벽이 아니라 청의검사라는 것이다.

왕옥산 풍계림.

풍계림은 왕옥산 남쪽 기슭에 자리한 숲 속 지대를 가리킨다. 이곳엔 소나무, 전나무, 대나무, 등 각종의 숲이 이백 장 규모로 울창하게 펼쳐져 있다. 은신하기에는 최적의 장소이긴 한데 풍계림 뒤편으로 황하의 지류인 영산천이 흐르고 있어 퇴로가 막혀 있다는 단점이 있다.

풍계림 초입에서 양소와 담사연은 두 길로 갈라졌다. 대원들이 두 개조로 갈라져 죽림과 송림에 각각 은신해 있는 것이다.

담사연은 그중 죽림 안으로 들어섰다. 그때 그를 맞이한 대원은 그곳에 은신해 있던 육산과 왕맹, 그리고 백석이었다.

"왜 이렇게 늦었어? 걱정했잖아."

"미안. 확인할 사안이 좀 많았어. 다음엔 미리 통보를 주도록 할게."

백석에 이어 왕맹도 물음을 던졌다.

"그래, 네가 보기에 놈들은 언제 쳐들어올 것 같아?"

"아직은 몰라. 어쩌면 오늘 밤엔 공격이 없을지도 몰라."

"쳇. 뭐야, 잔뜩 벼르고 있었는데."

담사연은 실망스런 음성을 중얼대는 왕맹을 잠시 묘하게 쳐다봤다. 손에는 술병이 들려 있고 눈가에는 취기가 감돌고 있었다. 평소에 술을 좋아해서 취절편이라고 불리는 녀석인데, 전투 상황에 돌입하면 술을 일절 마시지 않던 이전의 모습과는 많이 달랐다.

"이거? 조금만 마시는 거야. 싸우는 데는 지장이 없으니까 뺏어갈 생각하지 마."

왕맹이 씩 웃으며 술병을 허리 뒤로 감췄다.

담사연은 고개를 저었다. 뺏거나 꾸짖고자 함이 아니다. 이렇게 그를 위해 달려와 준 것만으로도 그저 고마울 뿐이다.

"괜찮아. 취하지만 않도록 해. 참, 육산은 어때? 고향에 돌아가서 철장 일을 열심히 하겠다고 말했잖아? 부모님은 건강하시고?"

그의 물음에 육산이 멈칫하고는 힘없이 중얼댔다.

"뭐… 사는 게 다 그렇지."

질문에 맞는 답변이 아니지만 담사연은 더 캐묻지 않았다. 전장에 나오면 누구보다 활기찼던 육산이다. 그 모습이 지금의 육산에게서는 보이지 않았다. 녀석의 가족에게 어떤 문제가 생긴 것 같았다.

왕맹이 갑자기 대화에 끼어들었다.

"야, 쌍도끼! 너 예전에 여동생 소개시켜 준다고 했잖아? 아직 시집 안 간 것 맞지?"

백석도 질세라 침을 튀겼다.

"무슨 소리! 쌍도끼 여동생은 내 거야. 오래전에 나랑 처남매부 사이가 되기로 약속했다고! 안 그래, 처남?"

둘의 질문에 육산은 대답 없이 죽림 구석으로 걸어갔다.

분위기가 불편해진다.

왕맹과 백석도 그만 머쓱해진 얼굴로 입을 다물었다.

담사연은 전우들의 그런 모습을 보며 묘한 이질감을 느꼈다. 이전과 같은 대원들의 모습이지만 무언가가 달라져 있었다. 한편으로 대원들을 보고 있자니 왜인지 모르게 그의 가슴이 먹먹해지고 있었다. 어쩌면 대원들의 모습에서 귀환 후에 강호에 적응하지 못한 자신의 모습을 보았기 때문일지도.

"왕맹, 조장들을 이리로 불러 모아. 우리 아직 재회 인사도 제대로 못했는데 고기나 뜯으면서 회포를 풀자."

적진이 지척이고 또한 작전 중이다. 이런 상황에서는 술을 마셔서도 안 되고 고기를 구울 불을 피워서도 안 된다.

왕맹이 물었다.

"야, 정말 그래도 돼?"

"괜찮으니 조장들을 불러와. 나도 간만에 너희와 술을 한잔하고 싶어. 물론 술은 딱 한 잔씩만 마시기로 하고."

"알았어! 내가 다녀올게!"

"나두!"

왕맹과 백석이 벌떡 일어나 어둠 속으로 뛰어갔다.

담사연은 육산과 둘만 남게 되자 육산의 옆으로 가서 앉았다. 육산은 그때까지도 굳은 안색으로 침묵하고 있었다. 묻고 싶은 말이 많지만 그는 육산의 등을 가만히 두들겨 줄 뿐 그냥 조용히 곁에 머물러 주었다.

침묵 중에 숲 속에서 인기척이 들려오기 시작했다. 대원들이 오고 있는 것이다.

육산이 그제야 그를 돌아봤다.

"야랑은 그대로야. 하나도 안 변했어."

"뭐가?"

"동료를 편하게 해주는 거. 더하지도 않고 덜하지도 않고 그냥 있는 그대로 우리를 봐주잖아."

"후후, 그게 편하게 해주는 건가? 난 할 줄 아는 게 없어서 그러는데?"

어둠 저편에서 대원들의 모습이 보이기에 야랑은 웃으며 자리에서 일어났다.

그때 육산이 퀭한 눈으로 그를 쳐다봤다.

"야랑. 신강에서 내 목숨 구해준 것 난 잊지 않고 있어. 이번에는 내가 너를 위해 죽어줄게."

"쓸데없는 소리!"

그는 핀잔을 주고는 뒤돌아섰다. 찜찜하게도 녀석은 꼭 죽을 자리를 찾아온 것처럼 말하고 있었다.

잠시 후 양소를 비롯해 대원들이 한자리에 모였다.

그는 마른나무를 모아 불을 피우고 저녁 무렵에 잡아둔 노루를 구웠다. 야간에 불을 피운다는 것은 아주 위험한 행위이지만 대원들은 그의 행위를 말리지 않았다. 야랑이 이렇게 할 때는 안전을 확보해 두었다는 뜻이다.

노루를 다 구워내고 술도 한 잔씩 돌렸다. 술잔은 나뭇잎을 말아 만들었다.

대원들이 잔을 들고 담사연을 쳐다봤다.

전장의 축배사.

이럴 때면 항상 하는 말이 있다.

"오늘도 무사히!"

그가 축사를 하곤 술잔을 비웠다.

"내일은 고향으로!"

대원들도 답사를 하곤 일제히 잔을 비웠다.

한자리에 모여 지난 이야기를 주고받는 가운데 시간이 흘러갔다. 야랑은 어느 순간부터 자리에서 보이지 않았다. 그가 어디로 갔는지는 대원들 모두가 알고 있었다. 야랑은 대원들이 휴식의 시간을 보낼 동안 척후로 나가서 경계를 서고 있는 것이다.

신강의 전장에서도 그는 늘 이랬다.

대원들이 격전에 지쳐 경계를 게을리 하면 그는 아무에게도 말하지 않고 홀로 경계 임무에 나섰다.

생존의 전장이다. 남의 안전을 돌볼 겨를이 없다.

그래서 처음엔 그의 이런 모습이 상관의 눈에 들기 위한 의도적인 행위라고 대원들이 많이 오해했다.

하지만 그런 시간이 일 년을 넘겨 이 년이 넘도록 지속되자 대원들은 자기희생 정신에 입각한 그의 여러 행동을 진심으로 이해하게 되었다.

죽은 자는 말이 없지만, 야랑에 관해서는 산 자의 입으로 전달된다.

그는 언제부터인가 신강의 전장에서 지휘 고하를 떠나 최고의 신뢰를 받는 병사가 되었다. 오늘 이 자리에 모인 조장들도 직간접적으로 그의 도움을 많이 받았다고 할 수 있다.

"새벽에 상황이 있을지도 모르니 더 이상은 마시지 마라."

양소가 먼저 일어나 야랑이 경계를 나간 곳으로 향했다. 교대를 하기 위함이다.

대원들은 그 모습을 흐뭇한 눈길을 지켜봤다.

양소는 불휘곡의 전투를 겪고 난 후로 직위를 떠나서 야랑을 친구처럼 대했다. 어려운 일이 있으면 같이 협력하고 또 같이 고민했다. 강호로 돌아와서도 변함이 없는 둘의 모습. 그 모습을 보고 있자니 대원들은 마치 이곳이 신강의 전장인 듯 느껴지고 있었다.

"캬! 달빛 봐라. 옛날 생각 절로 난다."

노관걸이 바닥에 드러누워 밤하늘을 올려다봤다.

나머지 대원들도 하나둘 땅에 등을 붙이고 드러누웠다.

임건이 말했다.

"야, 니들도 그래? 신강에 있을 때는 고향으로 빨리 돌아가는 것이 최고 소원이었는데, 막상 강호로 돌아와 보니 이상하게 그 지옥이 자꾸만 생각이 나. 얼마 전에는 씨팔, 그곳에 다시 참전하는 꿈까지 꾸었다고."

장진도 동의했다.

"난 한 번씩 유체 이탈하는 상황까지 겪어. 글쎄 주점에서 밥 먹다가 갑자기 내가 벌떡 일어나 '기습이다!' 라고 소리치는 거야. 미칠 노릇이지. 지옥을 떠나온 지가 한참이나 되었는데 아직도 그곳 망령들에게 시달리고 있으니……."

임건과 장진의 말에 대원들이 피식피식 웃어댔다. 그와 비슷한 경험을 해본 적이 한두 번씩 있는 모양이었다.

왕맹이 문득 화제를 돌렸다.

"야, 범다리! 넌 어때? 여우 같은 마누라하고 토끼 같은 아들이 반겨주니 하루하루가 즐겁지? 난 솔직히 니가 제일 부럽다. 여기서 온전한 가정 이룬 놈은 너뿐이지 않냐?"

범다리는 노관걸의 별명이다. 표범처럼 빠르게 달린다고 해서 생긴 별명인데 노관걸은 조장들 중에서 유일하게 혼례식을 치르고 참전했다.

"흐음, 그거야 뭐……."

노관걸이 말을 더듬거리자 왕맹이 의심스러운 눈으로 쳐다봤다.

"왜 말을 못해? 가정사에 문제 있어? 마누라가 바람이라도 피웠어?"

노관갈이 상체를 일으켜 눈을 부라렸다.

"무슨 소리! 내가 니들 같은 줄 알아? 여기 오기 전날 밤에도 마누라가 꼭 살아오라며 몸 공양까지 뜨겁게 해주었다고."

왕맹이 눈을 흘겼다.

"씨, 부럽다. 나는 언제 여우 같은 마누라를 둬보냐."

"그래. 저 새끼는 전생에 나라를 구했을 거야."

나머지 대원들이 한마디씩 거들고 있을 때 거연이 문득 물었다.

"한데 그런 착한 마누라를 두고 왜 왔지? 아들까지 내버려 두고서 말이야."

노관걸이 잠깐 눈알을 굴린 후에 신경질적으로 소리쳤다.

"젠장, 그것도 몰라? 의리! 다른 사람도 아니고 야랑의 목이 걸린 일이라는데 당연히 내가 와야지!"

노관걸에게 집중된 물음은 그것으로 일단락됐다.

대원들은 이후 한 명씩 돌아가며 귀환 후의 개인사에 대해서 이것저것 물었는데 노관걸 같은 답변은 누구에게서도 나오지 않았다. 대원들은 대충 말을 돌려서 답하고, 그것도 아니면 괜히 짜증을 부리며 질문을 막았다. 그리고 그런 물음조차 어느 순간부터는 끊겨 버렸다. 그들은 약속이나 한 것처럼 모두 입을 다물고 밤하늘만 멍히 바라봤다.

그렇게 시간이 흘러갔다.

사위가 너무 조용해 풀벌레 소리조차 선명하게 들려온다.

팟!

장작불이 갑자기 꺼졌다.

어둠 속에서 쇠뇌전이 날아와 불붙은 나무를 꺼버린 것이다.

야랑은 원거리에서 무언가를 전할 것이 있으면 이렇게 쇠뇌전을 쏘아 연락을 취한다.

잠시 후, 쇠뇌전 한 발이 더 날아와 바닥에 꽂혔다.

쇠뇌전에는 한 장의 쪽지가 매달려 있었다.

장진이 쪽지를 펼쳐 봤다.

현 시각 적의 공격이 포착됨!

조장들은 각자의 위치로 돌아가 저격섬멸전에 대비할 것!

밀지를 돌려본 대원들은 병기를 손에 들고 조용히 일어났다.

7장

풍계림 저격섬멸전

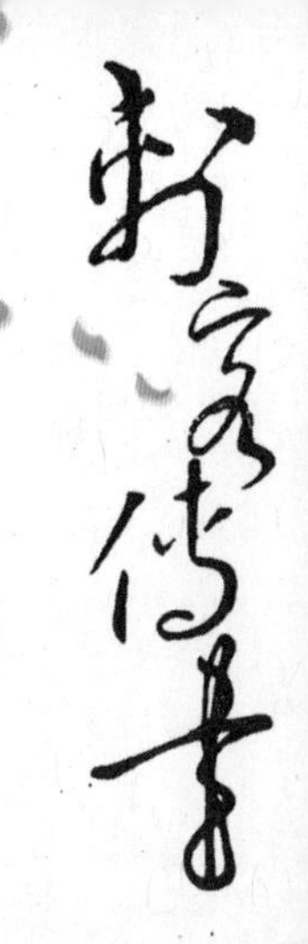

측성대 저격 여섯 시진, 축시 풍계림.

담사연은 장전된 칠채궁을 전방으로 조준했다. 횃불을 세워 든 무인들이 풍계림 앞의 구릉지로 올라오고 있었다. 공격을 함에 불을 밝혔다는 것은, 곧 기습이 아닌 정공법으로 밀어붙인다는 뜻이다.

'열, 스물, 서른… 백… 이백… 응?'

조준구로 인원을 파악해 보던 그는 문득 이상함을 느꼈다. 일견하기에도 이백 명이 넘는 숫자인데 구릉지를 넘어오는 무인들의 대열이 돌격조, 방어조, 사수조로 정확히 나뉘어 있었다. 눈에 익은 공격 전열. '三' 열 전투횡대는 신강의 전장에서 중무대가 주로 사용했던 공격 방식이었다.

'진서벽의 진영에서 본 무인들은 아닌 것 같은데, 어떤 단체이지?'

의문스러운 것은 또 있었다. 동일한 단체원으로 보이거늘, 풍계림으로 들어오는 무인들의 숫자가 너무 많았다. 그가 알기로 한 단체가 이백 명을 동원한다면 그건 쟁금법 위반이었다. 그간 무림 문파는 쟁금법 때문에 백 명 이상의 소속 무인을 중무대 추격전에 투입하지 못했다. 만약 무림의 문파가 쟁금법에 구속되지 않았다면 중무대는 이미 인의 장막 속에 갇혔을 터다.

'확인을 해보면 되겠지.'

그는 칠채궁을 조준한 자세로 잠복지에서 일어나 구릉지로 뛰어갔다.

구릉지 중간은 목초로 덮인 완만한 경사 지역이다.

슝!

그는 달려가는 자세에서 속뇌전을 쏘았다.

맞은편, 구릉지를 내려오던 무인 한 명이 속뇌전에 맞아 쓰러졌다.

아직은 그의 공격이 들키지 않았다.

그는 이번엔 대각으로 달려가며 속뇌전 두 발을 연달아 쏘왔다.

"윽!"

"으윽"

어둠 속에서 신음이 흘러나오는가 싶더니 날카로운 호각 소리가 사방에서 울렸다.

'이것 봐라?'

그는 쓴 미소를 머금었다.

조금 전의 호각 소리는 돌발 상황을 알리는 비호각 음향. 신강에 있을 때 중무대도 그것을 사용했다.

'전장의 무인들이란 말인가?'

그는 칠채궁을 등 뒤로 돌리고 철검을 빼 들었다. 병기를 부딪치는 백병전으로서 무인들의 실체를 파악해 볼 요량이다.

일선의 무인들은 현재 구릉지 아래까지 내려온 상태다.

그는 무인들 속으로 뛰어들어 철검을 휘둘렀다. 칼과 칼이 부딪친다. 불꽃이 번쩍이며 거친 숨결이 토해진다. 잠깐의 백병전. 그는 이제 또 다른 의문에 사로잡힌다.

도무지 상대가 안 되는 무인들.

너무 약하다.

그가 의도적으로 검력을 줄였음에도 불구하고 상대 무인들이 그의 철검을 전혀 막아내지 못했다.

게다가 무력만 차이 나는 것이 아니다. 조직력도 형편없다. 무인들은 그를 상대함에 집단전법은커녕 그의 동선을 졸졸 따라와 그저 맹목적으로 칼만 휘둘렀다.

'이런 약졸들로 중무대를 친다고? 대체 무슨 의도인 거지?'

"하아! 죽엇!"

거친 음성과 함께 등 뒤에서 살기가 느껴진다.

그는 뒤돌아보지 않고 철검을 휘돌려 쳤다. 등 뒤의 적은 일검에 나가떨어진다.

와아아아!

이번엔 전방에서 한 무리의 무인들이 기합을 내지르며 달려왔다.

그는 철검을 빠르게 베어냈다. 은빛 검광이 번쩍이며 전방의 무인들이 와르르 쓰러졌다. 기세를 꺾어놓고자 이번엔 쾌월광을 강하게 발휘한 것이다.

"으으으."

효과는 확실했다. 무인들은 유령이라도 본 것처럼 공격을 중단한 채 그를 멍히 바라봤다. 이 순간 그의 눈은 등사심결을 일으킨 탓에 은빛으로 완연히 빛나고 있었다.

"뭐해, 새끼들아! 놈은 혼자야! 중천대 공격!"

무인들의 후방에서 재공격을 알리는 날 선 음성이 들려

왔다.

그러자 무인들이 서로의 눈치를 잠깐 살피다가 칼을 일제히 세워 들고 몰려왔다.

최좌좌좌좌! 츄츄츄츄츄!

무인들의 집단공격과 더불어 어둠 저편에서는 창과 화살도 날아왔다.

그는 일단 재빠르게 물러섰다.

머리 위에서 들려온 양소의 음성 때문이었다.

"야랑, 비켜!"

음성과 동시에 양소가 그의 머리 위를 훌쩍 타 넘어와 장창을 풍차처럼 휘둘러 화살을 막아냈다. 양소는 그다음으로 절지창을 발휘해 전방의 무인들을 일거에 물리쳤다.

"야랑, 이놈들은 본진이 아니야. 여기서 시간 낭비하지 말고 풍계림으로 어서 돌아가자!"

양소는 무인들의 정체에 대해 무언가 알고 있음이다.

그는 의문스러웠던 점을 물어봤다.

"이들이 누구인지 아십니까?"

"중사단의 중천대 병력이야."

"중천대?"

"중무대가 북방으로 나간 전투 부대라면 중천대는 남만족들을 상대코자 남방전장에 투입된 전투부대야."

신강에 있을 때 중천대에 대해 들어본 적이 있다. 그곳에서 활동하다가 중무대로 전출 온 용병들도 몇몇 알고 있다. 의문스러운 것은 남방전장의 상황이 아직 종료되지 않았거늘 중천대가 어떻게 중원으로 들어왔느냐는 거다.

"이건 쟁금법 위반 아닙니까?"

"맞아. 확실한 위반이야. 변방의 전투부대는 중원으로 못 들어온다고 쟁금법에 명시되어 있어."

"하! 법을 만들어놓고 권력자는 지키지 않아도 된다는 건가? 완전히 자기들 마음대로군."

말을 주고받던 사이에 무인들이 다시 새카맣게 몰려왔다.

양소가 삼환창을 크게 한 번 휘두른 다음 뒤돌아섰다.

"이 정도면 된 것 같아. 일단 여기서 갈라져! 나중에 섬멸진 앞에서 보자!"

풍계림으로 적을 끌어들이는 것은 사전에 약속된 작전이다.

그는 양소와 눈빛을 교환한 후에 죽림으로 달려갔다. 양소도 곧이어 송림 방향으로 달려갔다.

* * *

"정공법이라니? 이건 말이 안 되는 작전이야."

소유진은 중천대의 공격 대열 속에 있었다. 그녀가 공격에 나선 건 자신의 의지와 상관없었다. 진서벽의 뜻도 아니었다. 진서벽과 작전 논의 후 그녀는 얼마 지나지 않아 조순의 긴급 밀지를 전해 받았다. 중천대를 이끌고 풍계림으로 진격하라는 명이었다.

당시 그녀는 진서벽에게 조순의 명을 알려줄 형편이 되지 못했다. 조순의 밀지를 홍사청에게 전해 받은 순간부터 그녀는 거의 연금된 것이나 다름없었고, 그 상태에서 중천대 공격 대열에 바로 투입되었다.

그녀의 심기가 불편한 것은, 풍계림 공격에 남방의 전투 병력 중천대가 투입되었다는 사실이다. 규모는 오백 명 이상. 이건 논란의 여지가 없는 쟁금법 위반이다. 이 사실이 알려질 경우 이번 일을 진행한 사람은 최소 십 년 동안 무림 활동이 정지된다.

그리고 그녀의 심정이 더더욱 불편한 것은 중천대가 풍계림을 공격함에 횃불을 들었다는 점이다. 야랑과 중무대 대원들은 생존율 삼 할이라는 신강의 전장에서 살아남은 전투의 전문가들. 그런 자들을 야간 공격함에 불을 들고 나섰다는 것은 곧 작전을 망치는 이적행위와 다름없었다.

뿐만 아니라 전장에 한 번도 나가보지 못한 초병들을 중천대 선봉에 세웠다. 이는 초병들에게 풍계림에서 죽으라는 자살 명령과도 같았다.

조순의 작전이다. 목적 없이 조순이 이런 엉터리 작전을 펼칠 리가 없다.

안타까운 점이라면 그녀에게는 그 이유를 알아볼 시간도, 기회도 없다는 것이다.

"지금부터는 부당주가 앞장서시오. 진서벽이 개입하게 되면 부당주도 나도 곤란한 상황에 처하게 될 것이니 공격을 서둘러야 할 거요."

홍사청이 말과 함께 검 한 자루를 그녀에게 건넸다.

천기당원으로서 용도 폐기.

작전 지휘가 아닌 전투 현장으로 나가 싸우라는 뜻이다.

소유진은 착잡한 숨결을 흘려냈다. 천기당주의 뜻을 외면하고 진서벽의 의견에 동의했던 그때, 이런 날이 올 수도 있으리라 예감을 하긴 했었다.

그녀는 홍사청의 후방을 슬쩍 쳐다봤다. 그곳엔 죽립을 깊게 눌러 쓴 흑의인들이 포진해 있었다. 흑단의 살수들과 복장이 비슷하지만 분위기는 한참 달랐다. 감정이 완전히 사라진 모습. 이들과 비교하면 흑단의 살수들은 인정 많은 사람 같이 보인다고 해야 할 것이다.

'사망탑!'

소유진은 이들의 정체를 알 수 있었다. 그들 중의 한 명은 그녀와 청성당 저격 사건을 같이 진행했던 이석이었다. 무엇을 어떻게 했는지는 몰라도 이석은 현재 그녀를 알아보지 못할 정도로 이지가 상실되어 있었다.

"천기당주께서는 부당주의 능력을 의심하지 않고 있으니 반드시 이번 작전을 완수해 주시오."

소유진은 홍사청의 말을 들으며 앞으로 나섰다.

그녀로선 공격을 하지 않을 수도, 돌아갈 수도 없었다. 그녀는 천기당 소속이었고, 또한 조순은 뭐가 어찌됐든 그녀에게 스승이 되는 존재였다. 이석을 그렇게 만들었듯 그녀가 이상한 행동을 하면 그 즉시 항명으로 처단할 것이다.

그녀는 죽림을 멀리 내다봤다.

그 안에 야랑의 삶도 있고, 그녀의 운명도 더불어 있다.

후회하지 않을 선택.

그것을 결정할 시기가 점점 다가오고 있다.

* * *

풍계림 죽림.

"지금!"

야랑을 뒤쫓아 중천대 무인들이 죽림으로 들어오자 육산과 왕맹, 백석은 은신 장소에서 뛰쳐나와 무인들 속으로 과감히 뛰어들었다. 적진 속으로 파고 들어가는 그들의 행동은 주저함이 없었고, 전투도 전혀 망설이지 않았다.

육산의 도끼가 적의 허리를 갈랐고, 왕맹의 채찍이 적의 목을 감아 돌렸다. 어둠 속에서 감행된 그들의 기습에 중천대는 공격 대열이 단번에 흐트러졌다. 중천대가 야랑의 추적을 중단하고 대응에 나섰지만 전과는 아무것도 올리지 못했다. 그들은 교전이 아닌 교란에 목적을 두었기에 중천대가 대응에 나서기도 전에 다시 죽림 속으로 숨어버렸다.

기실 소수가 다수를 잡는 저격 섬멸전은 중무대가 신강의 전장에서 자주 사용했던 전술이었다. 그러기에 야랑과 대원들은 누구의 지시를 받지 않아도 섬멸전 전술에 맞춰 능동적으로 움직일 수 있었다.

적들의 분열이 이루어지자 야랑이 다시 전면으로 나섰다. 그는 죽림 속을 질주하며 무인들에게 쇠뇌전을 쏘았다. 일발일살! 과녁을 보고 쏘는 것 같은 그의 저격술에 무인들은 어김없이 쇠뇌전의 밥이 되었다. 야랑을 포위 공격하는 것은 가능하지 않았다. 어둠 속에서 그는 망혼보를 마음껏 발휘했고, 이런 그의 모습은 중천대 무인들의 눈에 유령처럼 보이고 있었다.

"중천대 퇴각! 죽림 밖에서 전열을 재정비한다!"

급기야 퇴각 명이 떨어졌다. 하지만 들어올 때와 다르게 퇴각은 그들의 자의로 이루어지지 않았다. 중천대가 퇴각을 하기도 전에 죽림 입구에서 화약 폭발음과 함께 불꽃이 사방에서 솟아올랐다. 죽림에 은신했던 백석과 왕맹, 노관걸이 섬멸전 작전 그대로 큰불을 지른 것이다.

이러한 화공은 양소가 은신해 있던 송림에서도 같이 이루어졌다. 풍계림은 순식간에 불길로 뒤덮였고, 중천대 무인들은 살기 위해, 활로를 찾기 위해 불길 속을 마구 뛰어다녔다. 정상적인 공격과 정상적인 지휘가 안 되는 상황이 되었다고 할 수 있다.

중천대 무인들이 불길 속에서 갈피를 잡지 못하고 있을 때 야랑과 대원들은 재빨리 한자리에 모였다. 죽림과 송림이 갈라지는 곳, 풍계림에서 유일하게 불길이 번지지 않는 지역이었다.

그들은 그 앞에서 일렬로 전투 대열을 갖추고 전방의 불길을 주시했다. 잠시 후 중천대 무인들이 불길에 휩싸인 모습으로 하나둘 튀어나오기 시작했다.

"야아아아!"

양소를 필두로 송림의 은신조가 중천대를 먼저 공격했다.

연환 공격술이다.

송림의 은신조가 물러서면 뒤이어 죽림의 공격조가 중천대를 공격했다. 그들의 이러한 연환공격에 중천대는 반격도 제대로 못 해보고 차례로 땅바닥에 쓰러졌다.

연환공격 반 시진. 중천대 무인들의 전의는 완전히 꺾였다. 이대로 시간이 흘러가면 아홉 명의 중무대 대원에게 중천대 일진이 전멸을 당하는 상황을 맞이하게 될 것이다.

풍계림 전투 상황에 변화가 온 것은 죽립을 눌러 쓴 흑의인들이 불길을 뚫고 나오면서였다. 중천대 무인들과 다르게 이들은 신체가 불붙은 모습임에도 불구하고 당황하거나 고통스러워하는 기색이 전혀 없었다.

이들과 먼저 맞선 대원들은 송림 공격조이다. 죽립인들의 검에서 은빛 검광이 발출됐고, 그 순간 송림 공격조 전원이 악다문 신음을 흘리며 뒤로 물러섰다. 이들의 다음 표적은 양가창법을 발휘하고 있는 양소. 죽립인들은 일제히 은빛검을 내찌르며 양소에게 달려들었다.

그때 야랑이 무섭게 앞으로 뛰쳐나왔다.

"대주 피해! 사망탑의 자객들이야!"

파팟! 팟팟팟!

죽립인들이 날린 검광이 양소의 신체에 꽂혀들었다. 양소는 그 즉시 나동그라졌는데 이런 결과가 나온 것은 그의 대응무력이 약해서가 아니었다. 죽립인들의 검속이 너무 빨라 양소로선 야랑의 경고를 듣고도 검광의 직격을 피해낼 수가 없었다.

그나마 다행이라면 야랑의 즉각적인 개입에 죽립인들이 공격의 방향을 돌렸다는 것이다.

양소의 앞을 막아선 야랑은 쾌월광을 바로 날렸다. 양소를 공격했던 죽립인은 셋. 은빛의 검광이 야랑의 눈앞에서 폭발했다. 상대의 월광에 당한 게 아니다. 원인은 잘 모르지만 자석에 이끌리듯 서로의 월광이 맞부딪쳐 폭발을 일으켰다.

콰아앙!

바로 이어진 두 번째 격돌에서도 폭발의 현상이 일어났다. 상황의 심각성이 순간적으로 인식된다. 검속이 우선되는 월광 초식의 특수성으로 인해 승부가 아주 단순해져 버렸다. 이젠 어쩔 수 없이 월광만을 사용해야 한다. 월광 이외의 다른 초식은 발휘할 공간도, 공격 수법을 바꿀 시간적 여유도 없다.

'누가 이기나 해보자!'

그는 월광의 싸움으로 끝을 보고자 전력을 다해 쾌월광을 날렸다. 죽립인들도 은색 눈빛을 번뜩이며 월광을 발휘했다. 쾌월광에 맞선 세 줄기의 월광. 은빛의 검광들이 어둠을 사납게 갈라놓는다.

"어?"

세 번째 격돌 직전 그는 그만 가슴이 철렁했다.

죽립인들의 우측 후방에서 또 다른 월광이 날아오고 있었다. 네 번째 자객이 어둠 속에 숨어 있었다는 뜻인데 이번의 월광은 죽립인 셋의 무력을 하나로 합친 것만큼이나 빠르고 강력했다.

'맞서기엔 이미 늦었어! 부상을 각오해야 해!'

결단의 시간은 짧다. 그는 철검을 휘두르며 앞으로 뛰어들었다. 죽립인들의 진검에 신체가 베일지라도 그들의 몸을 방패 삼아 이 위기를 모면하겠다는 뜻이다. 문제가 있다면 네 번째 자객이 아군의 목숨을 무시하고 월광을 날렸다는 것이다.

쾌월광과 죽립인 셋의 월광 그리고 네 번째 월광. 그 모든 것이 하나의 공간 안에서 맞부딪쳤다.

번쩍! 콰아앙!

폭음과 함께 강렬한 빛이 발산됐고, 야랑과 죽립인들은 전원 바닥에 나가떨어졌다.

"으음."

야랑은 기혈의 역류를 참고 현장 상황을 재빠르게 살폈다. 부상을 각오했건만 의외로 그의 신체가 멀쩡했던 이유가 있었다. 이번의 격돌에 또 다른 개입자가 있었다.

"이것들이 나를 아주 물로 보고 있어."

야랑과 죽립인들 그 사이의 대지에 장창을 들고 우뚝 서 있는 사내.

양소의 모습이었다.

죽립인들이 하나둘 일어나자 양소가 야랑을 돌아보며 말했다.

"두 놈은 내 거니까 건드리지 마."

야랑이 일어나 물었다.

"괜찮겠어요? 사망탑의 자객들인데……."

"흥! 암습이 아니고선 제깟 놈들이 나를 무슨 수로 상대해."

양소는 당찬 말과 함께 바로 공격에 나섰다. 장창을 휘돌리면서 내려치는 수법. 양가창법 사식 폭우연환창의 발휘이다.

야랑은 양소의 그런 모습을 보곤 걱정을 덜었다. 연환창법으로 자객들의 쾌검 사용을 원천적으로 막는 양소였다. 이런 상태라면 염려를 하지 않아도 될 터이다.

그는 전방으로 시선을 돌렸다. 죽립인 한 명과 죽립이 벗겨진 흑의인이 눈앞에 있었다. 죽립이 벗겨진 흑의인은 그를 상대로 네 번째 월광을 날렸던 바로 그 암습자였다.

"카아!"

죽립인이 먼저 공격했다. 이번에도 역시 월광 초식이었다.

"어딜!"

그는 철검을 손에서 놓고 빠르게 물러났다. 조금 전의 승부 과정을 되풀이할 수는 없었다. 죽립인의 월광이 그의 가슴을 향해 날아온다. 그는 손가락을 뻗어 검처럼 베어냈다. 죽립인이 날린 월광의 빛줄기가 갈라졌다. 정확히는 그의 능광검법에 월광이 잘렸고, 나아가서는 죽립인의 목까지 베어졌다.

"하! 이것 봐라?"

죽립인은 즉사 상태이다. 능광검법을 발휘하자 도무지 상대가 안 되는 사망탑의 자객들이었다.

"……!"

이 모습을 본 흑의인이 눈매를 좁혔다. 감정 표현을 드러낼 정도로 현 상황을 불신하고 있었다.

"진짜와 가짜의 차이이지. 뭐, 나도 지금에서야 알게 됐지만……."

그는 말과 함께 손가락을 흑의인에게 겨누었다. 은빛의 빛줄기가 손가락에서 뻗어 나온다. 능광검법의 빛줄기가 강해질수록 흑의인은 힘겨운 신음을 줄줄 흘린다. 대적은커녕 맞서보는 것 자체가 안 되는 상황이다. 마침내 흑의인이 뒤돌아 풍계림의 불길 속으로 달아났다. 그러자 양소와 교전하던 죽립인들도 흑의인을 뒤따라 현장을 떠나버렸다.

"뭐지? 저놈들이 갑자기 왜 도망가지?"

양소가 야랑에게 다가와 물었다.

그는 피식 웃을 뿐 답하지 않았다. 능광의 검법과 양정의 검법을 일일이 설명하고 있을 여유가 없었다.

사망탑의 자객들과 교전하던 사이에 꽤 많은 중천대 대원이 불길을 뚫고 나왔다. 이제부터는 그들과 싸워야 할 때다. 능광검법이 발휘된 상태다. 그는 은빛의 눈을 번뜩이며 중천대 무인들에게 달려들었다.

"야아아아!"

그의 공격에 이어 중무대원들이 일제히 앞으로 나섰다. 양소도 창을 휘두르며 무섭게 적을 몰아붙였다. 그렇게 한 식경이 지나가자 중천대 무인들은 풍계림 불길 속으로 다시 쫓겨 들어갔다.

불에 타고, 병기에 신체가 잘리는 무인들.

전투 현장은 고통에 찬 비명으로 가득하다. 이런 상태가 지속된다면 섬멸전은 중무대의 대승으로 끝나게 된다.

하지만 이 무렵 야랑의 심정은 편치 않았다. 섬멸전은 동심맹의 추격을 일차적으로 저지하는 것에 그 목적을 두었다. 이렇게 대승을 해버린다면 향후의 일정에서 더 큰 견제를 받게 될 것이었다. 솔직히, 아홉 명의 대원으로 동심맹의 무인들을 모두 처단하리라 예상하지도 않았다.

문제는 이러한 결과가 중무대의 뜻과는 상관없이 이루어진다는 것이었다.

'조순의 작전에 휘말린 건가?'

아군을 희생하는 의도적인 작전.

끔찍한 계획이지만 조순이라면 충분히 그럴 수 있다.

"야랑! 공격을 잠시 중단하자!"

양소의 음성이 들려왔다. 양소 역시도 이 상황에 대해 무언가 의문을 가지고 있는 모양이었다.

"이놈들은 불길 속으로 몰려들지 않는다는 화공 전법의 기초도 몰라. 게다가 개인 무력이 너무 약해. 아무리 생각해도 정규병이 아닌 것 같아."

그는 양소의 주장에 동의하고 중무대를 퇴각시켰다. 퇴각 중에 그는 후방에서 대원들을 엄호했다. 그러는 사이에 좌측 숲 속에서 일단의 무인들이 와르르 뛰쳐나왔다. 쾌월광이 발휘된다. 적들이 집단으로 쓰러진다.

"어?"

한순간 그는 쾌월광의 방향을 돌렸다.

적들 속에 소유진이 있었다.

그는 지주망기를 쏘아 소유진의 신체를 묶었다. 그런 다음 그녀의 몸을 안고 불붙은 숲으로 들어가 안전한 장소에 내려놓았다.

"뭐야, 네가 왜 여기에 있는 거야?"

그의 의문은 당연하다. 소유진은 천기당의 작전 간부이지, 일선에서 싸우는 전투병이 아니다.

소유진은 대답 없이 초췌한 얼굴로 한숨을 내쉬었다.

"말해. 이유가 뭐야? 또 무슨 수작을 펼치려는 거야?"

소유진이 그를 올려다봤다. 그리곤 그 상태로 그를 진하게 응시하며 입을 열었다.

"그만 돌아가세요. 이건 내 문제예요. 당신이 나설 일이 아니에요."

"말 같지 않은 소리. 넌 칼을 들고 현장으로 나왔어. 내 손에 죽기를 바라는 거야?"

소유진과 악연이 있다고 하지만, 칼을 맞댄 적으로는 만나고 싶지 않은 것이 솔직한 그의 심정이다.

"내 모습을 보고도 몰라요? 난 천기당에서 퇴출된 거예요."

"그러니까 그 이유가 뭐냐고?"

"……."

그녀가 말을 중단했다. 그를 바라보는 그녀의 눈동자에 물기가 어려 있었다.

그는 그녀의 모습을 잠시 쳐다보곤 어렵게 입을 열었다.

"하면, 나와 같이 떠날래?"

짧지만 함축적인 말이다. 그녀는 그의 말에 가늘게 몸을 떨다가 고개를 저었다.

"그건 나를 두 번 죽이는 말이에요. 나는 괜찮으니 어서 이곳을 떠나세요. 참, 교전 같은 것은 하지 마세요. 당신들은 지금 천기당의 작전에 휘말렸어요."

"작전?"

"오늘 이곳에서 희생된 이들은, 장안의 동심검대를 강호로 내보내기 위한 제물이었어요."

동심검대가 어떤 단체인지 모른다. 나중에 양소를 통해서 알아보면 되기에 그는 그 점에 대해 더 이상 묻지 않았다. 소유진을 다시 쳐다본다. 그녀의 표정엔 전에 없던 결기가 서려 있었다.

그는 되돌아섰다. 그녀의 음성이 들려온다.

"함께 떠나자는 그 말, 고마웠어요. 잊지 않을게요."

심정은 알지만 그녀의 말은 그에게 불편하다.

호의를 다른 뜻으로 오해하지 않았으면 한다.

그는 그녀의 모습을 뇌리에서 지우고 불길 속으로 달려갔다.

측성대 저격 일곱 시진, 묘시 풍계림.

날이 밝았다.

중무대가 떠난 풍계림 전투 현장은 참혹하게 불에 탄 시신으로 가득하다.

투입 인원 오백 명.

그중 사망자는 이백삼십삼 명이요, 부상자는 백오십칠 명이다.

사상자 삼백구십 명의 대다수는 중무대의 칼이 아닌 화공에 당했다.

작전 지휘만 잘했으면 무인들의 희생을 최소한으로 줄일 수 있었다는 뜻이다.

뒤늦게 현장에 도착한 진서벽은 어처구니없는 이 결과에 불같이 화를 냈다.

"작전을 지시한 자가 대체 누구야? 누가 감히 내 명도 없이 풍계림 공격을 명했어!"

산전수전 다 겪은 진서벽이었다. 그는 아군을 불길 속으로 몰아놓은 엉터리 작전 때문에 대량적인 사상자가 나왔다는 것을 바로 알아냈다.

그러나 문책을 할 대상은 현장에 없었다. 이 작전을 명했을 것으로 추정되는 중사단주 홍사청은 어디론가 사라져 있었고, 천기당 소속의 소유진마저도 현장에서 보이지 않았다.

진서벽은 참담한 심정으로 이 사태의 수습에 직접 나섰다. 시신을 처리하고 부상자를 돌보는 한편, 중무대의 흔적을 뒤쫓으라고 명했다. 그중에서 가장 우선시되는 일은 단연 중무대 추적이었다.

뭐가 어찌됐든 일선 책임자는 진서벽 자신이었다. 범인들을 체포하지 못한 채 오늘의 사건이 강호에 알려지면 그의 명성은 물론이요, 형산파의 명예까지 땅에 떨어지고 말 것이었다.

그런데 그의 이런 일처리에 조언을 해주는 이가 있었다. 백리문이었다.

"장문인께서 가장 먼저 해야 할 일은 중무대 추적이 아닙니다."

"으응? 그건 무슨 말인가?"

"중무대 추적에 앞서, 풍계림 작전을 진행시킨 명령권자와 그 이유를 먼저 파악해야 합니다."

진서벽의 심정도 다르지 않다. 하지만 홍사청이 사라진 탓에 현재로썬 그가 조치할 수 있는 일이 없었다.

"나도 알아. 안 그래도 홍사청과 유진이의 행방을 알아보라고 명했네."

"그런 뜻이 아닙니다. 그들도 생각이 있을 것인데 불길 속으로 아군을 몰아넣는 이런 무모한 작전을 진행했을 리가 없습니다."

"그건?"

"네. 이건 동심맹 핵심 수뇌부에서 하달된 명령입니다. 중천대가 풍계림에서 희생되기를 바랐던 거지요."

백리문의 말에 진서벽은 인상을 구겼다. 지나친 해석이다. 사상자가 무려 삼백구십 명이다. 명색이 정파 연합이거늘 어찌 이런 천인공노할 짓을 할 수 있다는 말인가.

"거부감이 있으신 것은 당연합니다. 허나, 풍계림을 공격한 중천대 일선 대원들은 전투 경험이 거의 없는 초병이었습니다. 그중에는 무림과 상관없는 일반인 용병도 있었습니다. 제가 직접 확인한 사안이니 믿으셔도 됩니다."

"대체 왜!"

진서벽은 벌컥 소리쳤다. 이게 사실이라면 명령권자가 누구이든 용서할 수 없었다.

백리문은 잠깐 숨을 죽였다가 결론을 말했다.

"장안의 동심검대. 이유는 그것입니다. 오늘의 희생을 명분으로 동심검대를 출정시키려고 하는 겁니다."

"……."

진서벽의 표정이 순간적으로 굳었다.

백리문의 말이 설득력이 없기 때문이 아니다. 동심검대를 출정시키자면 반드시 한 사람의 동의가 있어야 하기 때문이다.

진서벽은 긴장된 음색으로 입을 열었다.

"자, 자네 지금 동심맹주를 의심하고 있는 건가?"

8장

죽음의 달, 망월단

측성대 저격 여덟 시진, 진시 하남성 황주.

풍계림을 나온 중무대는 산길이 아닌 하남 관도를 타고 황개 포구로 향했다. 동심검대에 대해 양소에게 설명을 듣고 난 후 야랑이 정면 돌파로 북진 작전을 바꾼 것이다.

"동심검대를 출정시키고자 아군을 대단위로 희생시킨 자들이야. 이는 곧 그들이 목적 달성을 위해서 물불을 가리지 않는다는 것을 의미해. 이런 상황에서 우리가 은밀하게 움직인다면 그들은 우리와 관련된 거짓된 정보로 강호를 선동할 거야. 하니 이제부터는 공개적으로 활동해서 선동의 빌미를

주지 말아야 해."

담사연의 생각은 옳았다. 이 시각 풍계림 사건을 두고 온갖 설들이 강호를 떠돌았다. 그중에는 중무대가 신강에 있을 때 신마에게 포섭된 반역의 무리라는 설도 있었다.

한편으로 공개적으로 움직인다는 것은 곧 그만큼 상황이 위험해진다는 것을 의미한다. 야랑의 이러한 결정에 대해서 중무대원들은 이의를 제기하지 않았다. 야랑을 신뢰하는 대원들이다. 야랑이 그렇게 주장했을 때는 이유가 있고, 그 이유는 틀린 것이 아니라고 대원들은 굳게 믿고 있었다.

다만 황개 포구로 목적지를 분명히 정했다는 점에서는 대원들도 의문을 두고 있었다. 도주를 위한 도강이 목적이었다면 황개 포구를 굳이 고집할 필요가 없는 것이다.

"당연히 도강을 하기 위함이 아냐. 단화진의 청부 이후 동심맹의 청부자들은 형의 목숨을 담보로 이제껏 나를 이용하고 또 속여 왔어. 하지만 놈들이 모르는 것이 있다면 내가 이 청부의 결과를 알고 있었다는 거야. 희생이 있더라도 더는 놈들에게 끌려 다니지 않을 거야. 놈들이 계획한 측성대 청부는 끝났을지 모르지만 내가 준비한 측성대 저격 작전은 아직 끝나지 않았어. 황개 포구에 가면 청부자들에게 날릴 반격의 무기가 준비되어 있어. 그러니 이왕 이렇게 된 것 나를 믿고 따라줘. 너희를 실망시키지 않을게."

양소 외에는 그가 준비한 반격이 무엇인지 대원들은 제대로 알지 못했다. 하지만 에둘러 표현한 그 말만으로도 대원들은 충분히 만족했다. 야랑과의 의리를 목숨보다 더 소중히 여긴다. 죽는 것이 두려웠다면 애초에 집을 떠나오지 않았을 것이다.

임건이 불만의 심정을 드러내긴 했다.

"그것만으로는 부족하지."

"무슨 뜻이야?"

"두 번이나 고향을 버린 몸이야. 난 이제 돌아갈 곳이 없어. 하니 이제부터 야랑이 나를 책임져."

임건의 말에 대원들이 와르르 입을 열었다.

"맞아. 내 인생도 야랑이 책임져. 이번에 돌아가면 난 아버지에게 맞아 죽어!"

"어차피 돌아가고 싶어도 이젠 못 돌아가. 조만간 아비객의 일당이라고 천하에 방이 붙을 거야. 킬킬 아마 현상금도 붙을걸."

대원들은 이 사안을 농처럼 가볍게 즐겼지만 담사연은 그렇지 못했다. 그의 삶뿐이 아닌 동료의 남은 인생까지 엮여 있었다.

무엇이 최선일까? 무엇을 하고 어떤 방식으로 살아가야 하는 걸까?

그의 이 고민을 노관걸이 간단히 풀어주었다.

"까짓, 우리도 무림 단체를 조직하자. 아비객과 여덟 명의 살수! 모르긴 몰라도 강호에서 최고로 장사가 잘되는 청부 단체가 될 거야."

청부 단체를 만들자는 노관걸의 주장에 대원들이 눈을 번쩍 떴다.

"오우! 멋진 생각!"

"나두 절대 찬성!"

대원들의 논의는 이제 산을 넘고 강을 건넌다.

"단체 명칭은 무엇으로 할까?"

"밤의 사나이 야랑과 운명을 같이하는 조직, 죽음의 달. 망월대! 어때?"

"야, 우리도 이제 승급 좀 하자. 언제까지 무슨무슨대로 놀래. 앞으로는 망월대가 아니고 망월단!"

"킬킬, 망월단 대찬성이다! 한데 단주는 누구로 하지? 이번에도 양 대주가 대장인 거야?"

대원들이 양소와 야랑을 연이어 쳐다봤다.

떨떠름한 분위기가 지나가고 담사연이 먼저 손을 저었다.

"니들도 잘 알잖아? 난, 현장 대원이 체질이라는 걸. 단주를 하라고 하면 하루도 안 되어 도망갈 거야."

"켈켈! 그건 그렇지!"

"맞아, 야랑은 현장 저격수가 체질이야."

내일의 운명을 모르는 위급한 상태이지만 대원들은 그렇게 웃고 즐기며 긴장을 풀었다. 담사연은 대원들의 이런 모습에 나름으로 마음의 안정과 위안을 받았다. 돌이켜보면 혼자 활동할 때는 이런 여유를 가져보지 못했다. 무언가에 늘 쫓겼고, 불안스러웠다. 처음부터 대원들과 함께 했다면 어쩌면 현재의 상황까지 사건이 확대되지 않았을 수도 있다.

망월단을 조직하자고 그랬다. 반대하고 싶은 생각은 없었다. 어차피 이젠 그도 무림의 일과 동떨어질 수 없는 무림인이 되었다고 할 수 있다. 그리고 이왕 그렇게 시작한 바에야 무림에서 지분을 가진 강한 단체를 구성하고 싶다. 무림은 강자존의 세계이다. 자객으로 몰려 도망자의 인생을 살지 않으려면 누구도 무시할 수 없는 무림의 강자가 되어야 한다.

'망월단이라……. 일전에 추수가 아비객과 관련된 청부 단체가 무림에 있다고 했는데 이것과 연관된 건가? 나중에 한번 물어봐야겠군.'

그는 이추수의 말을 떠올리며 부담을 한결 들어낸 미소를 머금었다. 그 생각이 맞는다면 그건 대원들이 그때까지 무사히 활동하고 있다는 뜻이 되는 것이다.

측성대 저격 아홉 시진, 사시 하남성 황개.

황개 포구를 백 리 앞둔 관도를 야랑과 대원들이 달리고 있었다. 야랑의 정면 돌파 작전은 간단했다. 적진을 깨부수고 달린다는 것. 적이 모여들기 전에 최대한 빠르게 달린다는 것, 그것 한가지였다.

밤을 꼬박 새운 활동이지만 대원들은 지친 모습을 거의 보이지 않았다. 하루 종일 활동하는 것은 그들에게 이골이 난 일이었다. 신강의 전장에서 삼 박 사 일 동안 잠 한숨 안 자고 적들과 교전했던 과정도 견뎌낸 그들이었다.

그리고 무엇보다 그들은 실전에서 겪는 이 순간을 운명처럼 받아들이고 있었다. 야랑이 그렇듯 그들은 귀환 후에 강호 생활에 제대로 적응하지 못했다. 눈을 감으면 떠오르는 잔인한 영상. 개돼지처럼 적을 죽였던 행위와 동료의 처절한 죽음. 신강의 그 악몽들은 저주처럼 그들의 남은 인생에 따라붙었다. 친지를 포함한 주변인들 또한 그들을 전장에서 살아 돌아온 칼잡이로 여기며 알게 모르게 견제의 시선을 보냈다. 어쩌면 지옥의 전장에서 살아 돌아온 것은 그들에게 행운이 아니라 불운일 수 있다. 그러기에 그런 이방인 같은 삶을 유지하는 것보다 죽음을 안고 살아가는 이 삶에 그들은 진정으로 뛰어들 수 있었다.

"난 말이야! 겉멋 들린 무림 문파가 정말 싫어!"

왕맹이 취절편을 휘두르며 앞으로 달려갔다. 전방에는 하남성 정주의 무림 문파, 용호관의 무인들이 포진해 있었다. 취절편이 용호관 무인의 목을 감아 돌렸고, 왕맹은 그 즉시 취절편을 잡아당겼다. 무인의 잘린 목이 땅에 떨어진다. 이를 본 용호관 무인들이 노한 음성을 토하며 왕맹에게 달려든다.

"그보다 더 싫은 것은 상황 파악 못하는 이놈들의 정신 상태이지!"

백석의 음성과 함께 용호관 무인들의 눈앞에서 화탄이 터졌다. 백석은 걸어 다니는 폭탄이라고 불릴 정도로 많은 화약을 소지하고 다닌다. 부대 복귀의 명을 받았을 때 백석은 다시는 고향에 돌아가지 않고자 전 재산을 털어 화약을 구비했다.

백석의 화탄 투척 이후 용호관주 학두용이 화약 연기를 뚫고 뛰쳐나왔다. 학두용은 아미파 속가제자 출신으로 지역에서는 검법이 매섭기로 소문난 존재다.

슈웅!

학두용이 분노의 검을 휘두를 때 대원들의 후방에서 무언가가 날아갔다. 야랑이 날린 혈선표이다. 혈선표가 학두용의 목을 베고 지나갔다. 학두용이 나름으로 방어하여 치명상은 면했지만, 그의 운명은 거기까지였다. 혈선표에 이어 속뇌전이 날아갔고, 학두용은 그것에 이마에 꿰뚫려 고개를 꺾었다.

"우아아아아!"

칵칵! 퍽퍽퍽!

학두용의 죽음으로 전투 상황이 끝났다고 할 수 있는데 이 순간 육산이 용호관의 무인들 속으로 뛰어들어 쌍부도를 무자비하게 휘둘렀다. 야랑이 그 모습을 보곤 난투 장으로 직접 들어가 육산의 허리춤을 잡고 빠져나왔다.

"육산, 그만하고 가자. 돌파가 목적이야. 의미 없는 살생은 할 필요가 없어."

육산이 그를 힐끗 쳐다보곤 묵묵히 앞으로 달려갔다.

야랑은 육산과 어깨를 나란히 해서 달리며 녀석의 모습을 살폈다.

육산의 눈에 독한 살기가 아직 남아 있다.

전투에서는 인정이 없지만 눈빛만큼은 진지했던 육산이다. 귀환 후에 안 좋은 일을 겪었던 모양이다.

"무슨 일이야? 가족에 문제가 생긴 거야?"

"……."

육산은 답해주지 않고 그냥 더 빨리 달려 야랑의 눈을 피했다.

이건 육산의 인생. 야랑도 더는 물어볼 수 없었다.

황개 포구까지 오십 리.

대원들의 체력이 고갈되기 시작했다. 대원들의 의지나 전투 경험과는 상관없는 자연적인 현상이다. 양소가 야랑에게 눈짓을 보냈다. 한 식경 정도 휴식을 취하자는 뜻. 야랑도 그 뜻에 동의하고 전방 일대를 관찰해 봤다. 현 위치는 사방이 탁 트인 광활한 관도였다. 이런 곳에서는 제대로 된 휴식을 취할 수가 없었다.

다행히 삼백 장 정도 떨어진 거리에 야산이 있었다.

그는 대원들의 속도를 분발시키는 말을 건넸다.

"망월단, 저기까지 달려가자! 가장 먼저 도착하는 인간은 망월단 선임 조장이다!"

망월단이라는 말에 대원들이 반색했다.

"하면 이제 망월단이 공식으로 출범하는 거야?"

"응. 중무대 꼬리표는 오늘부터 떼는 거야. 그렇지요, 단주님?"

야랑의 말에 양소가 떨떠름하게 웃었다. 졸지에 단주로 진급됐는데 임명권자가 따로 있으니 한편으로 개의치 않다.

"우히히! 망월단 좋아! 아주 마음에 들어!"

대원들이 망월단의 약빨을 받아 경신의 속도를 일제히 높였다. 문제가 있다면 달리기로 선임 조장을 뽑는다는 것은 공정하지 않다는 거다.

"케케케! 조장 자리는 내 거다!"

노관걸이 표범처럼 내달려 순식간에 한참을 앞서 나갔다.

도저히 따라잡을 수 없는 그 속도.

"이씨! 이게 뭐야!"

단원들이 불만의 눈을 야랑에게 맞추었다.

그는 멋쩍게 웃었다.

잠깐 잊어 버렸다. 경신법으로는 노관걸을 따라잡을 단원이 없다는 것을.

단원들에게 다행일지 불행일지 모르겠지만 얼마 지나지 않아 노관걸의 단독 질주가 멈추었다는 것이다.

"응?"

"어?"

노관걸이 경신을 멈춘 이유를 야랑과 양소도 뒤늦게 알아냈다.

야산 앞 관도에 황의 무인들이 일렬로 포진해 있었다.

대략 이십 명.

그들의 기세가 범상치 않다는 것은 포진해 있는 자세만 보아도 알 수 있다.

"뭐야 저것들! 우리가 전부 치워 버릴게!"

거산이 철퇴를 휘두르며 황의무인들에게 달려들었다.

왕맹과 장진, 노관걸도 거산을 뒤따라 황의무인들을 공격했다.

대적 결과는 바로 나타난다.

파파파파팟!

“크윽!”

“으윽”

공격했던 단원들이 모조리 튕겨 나왔다. 거산 같은 경우에는 바닥을 데굴데굴 굴렀다.

“중양검진!”

양소가 놀란 음성을 터뜨렸다.

단원들은 황의무인들의 공격 검초에 당한 것이 아니다. 황의무인들의 포진을 뚫지 못하고 그 반발력에 속수무책으로 튕겨 나왔다.

야랑도 그 모습을 보았기에 선불리 나서지 않고 양소에게 먼저 물어봤다.

“어떤 단체인지 아십니까?”

“형산파의 형산십팔중양검진이야. 짧게는 중양검진이라고 불리는데 방어검진으로 무림에서 다섯 손가락 안에 들어간다고 할 수 있어.”

형산파라는 말에 야랑의 머리에 퍼뜩 떠오르는 인물이 있다.

야랑은 황의검사들 속에서 진서벽의 모습을 찾아봤다. 진서벽은 없고, 그 대신 황의검사들 뒤편에서 진서벽과 같이 있었던 그 청의검사가 눈에 보였다.

진서벽의 부재. 이유는 모르지만 망월단 입장에서 다행이라고 할 수 있다.

양소와 야랑이 앞으로 나섰다.

단원들도 그들의 뒤에서 공격 전열을 갖추었다.

집단 전투에서는 적의 기세를 꺾어놓는 강한 선공이 무엇보다 중요하다. 양소가 삼환창을 황의검사들에게 겨눌 때 야랑은 적멸기선의 발사를 은밀히 준비했다. 양소가 공격에 나서는 순간 적멸기선을 모조리 황의검사들에게 날려 버릴 생각이다.

일촉즉발의 긴장된 시간이 잠깐 지나고 청의검사가 황의검사들 앞으로 나왔다.

"이건 어리석은 짓이야. 이대로 격돌하면 당신들은 한 명도 살아남지 못해. 설마 자살 공격을 시도하려는 것은 아니겠지?"

청의검사는 망월단의 매서운 주목을 받고도 여유로움을 유지했다. 입가에는 미소까지 드리웠다.

"형산파 장문인은 당신들이 풍계림 사건을 주동했다고 생각하지 않고 있어. 하니 이 정도에서 무기를 버리고 투항해. 그리하면 죄의 경중을 가려 최대한 선처를 받게 해줄 거야. 아! 물론 측성대에 올라왔던 자객은 선처에서 제외야."

양소가 냉소했다.

"흥! 누가 죽게 될지는 싸워봐야 알지!"

"이봐, 양 대주. 양가 창법으로 형산파의 중양검진을 뚫을 수 있다고 생각해? 만약 그렇게 생각한다면 당신은 무림에 대해 정말 아무것도 모르는 멍청이야."

노골적인 가문 비하이다. 평소였다면 양소는 청의인의 이 말에 대해 바로 응징에 나섰을 것이다. 하지만 이 순간 양소는 무척 곤혹한 눈으로 청의인의 얼굴을 바라봤다. 청의인이 누구인지 뒤늦게 확인된 모양이었다.

"좋아, 하면 서로 간에 애꿎은 피를 보지 않도록 내가 한 가지 제안을 하지. 자객을 제외하고 너희는 모두 물러서. 그리하면 내가 일대일로 자객을 상대할 테니 그 결과에 따라 서로의 갈 길을 정하자고. 형산파의 입장은 염려하지 마. 이게 다 너희를 살려서 데리고 오라고 명한 진 장문인의 뜻에 따른 거니까."

일대일의 대결.

양소는 이 제안에 눈매를 찌푸렸고 야랑은 실소를 지어냈다.

목숨이 오가는 위급한 상황이거늘 무슨 비무를 한다는 말인가.

그는 전음으로 양소에게 물었다.

[누군지 아십니까?]

[미학검사 백리문. 절강제일검이라고 불리는 자야.]

신강에 있을 때 백리문의 명성은 야랑도 들어본 적이 있다.

검을 사용함에 미학을 추구하는 검사.

당시 전우들은 백리문의 검론을 두고 비판일색이었다.

목숨이 오가는 진검 싸움에서 무슨 미학을 추구한다는 말인가.

야랑도 그때 한가한 인간의 잡생각이라며 그 비판에 동의했었다.

양소의 전음을 받은 후에 야랑은 철검을 들고 앞으로 나섰다.

백리문이 이런 그를 보며 빙그레 웃었다.

그는 그 얼굴을 노려보며 씹듯이 말했다.

"철없는 놈! 네 눈엔 지금 우리가 병정놀이하고 있는 것으로 보여?"

"예의가 없군. 살 길을 열어주었건만 감사의 심정을 그런 식으로밖에 표현 못하는가?"

"닥쳐! 누가 살 길을 열어 달라고 했어? 남의 목숨은 걱정하지 말고 당신 목이나 잘 간수해."

야랑의 막말이 계속되자 백리문이 잠시 침묵하곤 정색을 해보였다.

"검사의 승부는 정정당당해야 한다. 승리를 위해 격장지계로 검심(劍心)을 흔드는 행위는 옳지 못하다."

"하! 이거야 원!"

야랑은 눈살을 왈칵 찌푸렸다. 격장지계의 술수가 아니다. 있는 그대로 본 그대로 말했을 뿐이다.

"이봐, 샌님. 당신의 한심한 검론을 나에게 강요하지 마. 당신은 승부를 멋으로 즐길지 모르겠지만 나는 적어도 칼 들고는 장난하지 않아."

백리문이 야랑을 묘하게 주시했다. 그가 예상했던 자객의 모습과 무언가 많이 어긋나는 모양이었다.

"이해할 수 없군. 내가 누구인지 알고 있는 모양인데 나 백리문은 아무하고나 검을 섞지 않는다. 결과를 떠나서 오늘의 비무로 당신은 검가의 역사에 이름을 올리게 된다. 그건 비주류 출신으로 엄청난 행운을 맞이했다는 건데 왜 나와의 승부를 처음부터 이렇게 더럽히려고 하는가?"

야랑과 백리문.

칼을 든 이유와 살아온 환경이 서로 간에 한참 다르다. 그러기에 승부에 임한 생각에서부터 확연한 차이가 있다. 야랑은 그 차이에 대해 부정하지 않는다. 자신이 옳고 상대가 잘못된 것이라고 여기지도 않는다. 이미 송태원과의 일에서 이와 비슷한 과정을 겪었다.

야랑은 백리문을 노려보곤 말했다.

"한 가지만 약속해. 그러면 당신이 원하는 대로 비무를 해주지."

"뭐지?"

"내가 이길 경우 더는 우리의 길을 막지 않는다는 것."

"그건 이미 약속했다. 내 입에서 같은 말을 두 번 듣길 원하는가?"

백리문의 대답에 야랑은 양소를 돌아보며 고개를 끄덕였다.

단원들을 뒤로 물리라는 뜻.

양소가 염려의 눈빛을 보냈지만 그는 대적의 의지가 확고했다. 중앙검진을 뚫어낼 자신이 없어서가 아니다. 단원들을 희생시키지 않는 더 확실한 길을 선택했던 거다.

단원들이 십 장 밖으로 물러나자 백리문도 형산파 검사들을 뒤로 물렸다.

둘만 남은 자리에서 백리문이 먼저 야랑에게 포권을 건넸다.

"절강성의 백리문이오. 본인은 어려서는 가문의 천절검법을 수련했고 검가에 입문해서는 백현수사의 백결검을 전수받았소. 검사의 비무는 공명정대한 것이니 본인은 비무의 결과가 어떻게 되든 사사로운 감정으로 귀공을 대하지 않을 것을 약속하오."

비무를 앞두고 존대어로 구구절절 설명하는 백리문의 인사가 야랑에겐 많이 어색했다. 솔직히 칼을 들면 욕설을 뱉는 것에 익숙하지 이렇게 싸워야 할 상대에게 경어를 들어본 적도 거의 없었다.

"당신은 내게 전할 말이 없소?"

"……."

야랑의 무응답에 백리문이 희미한 미소를 머금었다. 상대가 비무의 경험이 없다는 것을 알아낸 모양이다.

"신분을 밝히기 싫다면 굳이 강요하지 않겠소. 다만 비무에 앞서 한 가지는 답을 해주시오. 그리해 주겠소?"

야랑이 여전히 입을 다물고 있는 가운데 백리문이 말을 이었다.

"검신 화연산은 나의 세대에서 내가 인정한 유일한 적수였소. 나는 그 사람의 검이 당신에게 꺾였다는 것을 도저히 믿을 수가 없소. 당신은 정당한 대결로써 검신을 죽였던 것이오?"

야랑은 백리문의 물음에 입꼬리를 틀었다. 승부를 앞두고 말이 많은 것은 그나마 참아주겠는데 이 물음만은 도무지 잠자코 들어줄 수가 없다.

"적을 죽이지 않으면 내 목이 잘리거늘 정당한 싸움이 어디에 있어? 그런 나약한 말을 하려면 진검이 아닌 목검을 들고 나와.”

그는 말에 이어 백리문에게 다가갔다.

승부가 시작됐다.

백리문이 눈을 빛내며 검집을 들었다. 청량한 검음과 함께 윤기로 빛나는 검이 뽑혀 나왔다.

“선공은 양보하겠지만 그 이후로는 사정을 봐주지 않을 거요. 당신은 내 검이 부끄럽지 않도록 최선을 다하시오.”

“제발 그 입 좀 닥쳐!”

야랑은 일갈하며 뛰쳐나갔다.

‘여유 부린 것을 후회하게 될 거야!’

그는 달려가던 중에 철검을 내찔렀다. 검봉에서 은빛이 번쩍인다. 쾌월광이다.

그의 공격에 백리문이 검을 눕혀서 조금 비틀었다. 쾌월광의 은빛이 백리문의 검날에 부닥쳐 분산된다. 야랑의 선공을 간단히 방어해 낸 것 같지만 이게 전부가 아니다. 야랑의 진짜 공격은 따로 있다. 쾌월광은 이것을 쏘기 위한 일종의 허초이다.

츄츄츄츄츄츄츄!

그의 어깨에서 적멸기선이 갑작스럽게 날아갔다. 그것도 한두 발이 아닌 모조리 발사됐다.

“응?”

암기가 발사되리라곤 생각도 못한 듯 백리문이 멈칫했다. 피할 공간은 없다. 방어 수법을 가릴 시간도 없다. 백리문이 검을 가슴 앞에 세우고 내기를 일으켰다. 뿌연 검막이 형성됐다.

콰콰콰콰콰!

적멸기선이 백리문의 전신을 폭격했다. 검막으로 적멸기선의 칼날을 모두 막아낼 수는 없다. 적멸기선의 일부가 검막을 찢고 백리문의 신체에 꽂혔고, 백리문은 악문 신음을 토하며 바닥에 나동그라졌다.

"하아!"

야랑이 허공으로 훌쩍 뛰어올랐다. 그는 뛰어오른 자세에서 철검을 거꾸로 잡고 백리문의 얼굴에 그대로 내리찍었다.

콱!

철검이 백리문의 왼쪽 귀를 자르고 땅에 박혔다. 백리문이 그 와중에도 고개를 비틀어 철검을 피해낸 것이다.

백리문이 바닥에 누운 자세에서 그를 무섭게 올려다봤다.

"이제 보니 네놈은 쓰레기였구나!"

말과 동시에 야랑이 튕기듯 물러났다. 백리문의 검이 허공을 가른다. 조금만 늦게 대처했다면 백리문의 검에 그의 허리가 잘렸을 것이다.

야랑이 물러나자 백리문이 재빠르게 일어섰다. 청의는 혈의가 되어 있다. 비무 시작과 동시에 의복이 피로 물든 적은 백리문의 무림 인생에서 처음이다.

"검사의 승부에서 암수를 사용하다니! 이런 방식으로 화연산을 죽였던 것이냐!"

백리문이 노한 음성을 토하며 달려들었다. 야랑도 철검을 휘두르며 정면으로 맞섰다. 기세의 싸움이자 검력의 대결이다. 검과 검이 부딪치며 불꽃을 일으킨다. 최근에 검력이 강해졌다고 여겼던 야랑이지만 결과는 백리문의 압도적 우세이다. 야랑은 백리문의 일격에 비틀비틀 물러났고, 백리문의 검이 그런 그를 향해 집요하게 따라붙었다.

'정면으로 맞서면 안 돼! 검신에 육박하는 자야!'

야랑은 백리문의 무력을 새로이 인식했다. 백리문은 말을 앞세우는 유약한 검사가 아니다. 그만큼 강자였기에 적을 앞에 두고도 여유를 보인 것이다. 그는 망혼보를 펼쳤다. 신형이 분화된다. 백리문은 망혼보를 보고도 당황의 기색 없이 검을 앞으로 내밀었다.

팟!

백리문의 검이 야랑의 신체를 갈랐다. 진체가 아닌 허체이다. 그러나 그다음 공격은 정확히 야랑의 실체에 맞춰졌다. 백리문이 어떤 방식으로 망혼보의 실체를 찾아내었는지 따져볼 상황이 아니다. 망혼보로 백리문의 검을 피해낼 수 없다면 지금부터는 한발만 대처가 늦어도 바로 지옥행이다.

그는 퇴보를 밟으며 탄지금을 백리문에게 날렸다. 백리문이 검봉을 흔들었다. 탄지금이 허공에서 박살 난다. 탄지금에 이어 지주망기를 쏘아보지만 상황을 반전시킬 수단은 되지 못한다. 백리문의 검은 천잠사를 가닥가닥 끊어버리곤 그의 가슴으로 곧장 꽂혀든다.

그는 이를 악물었다. 위기에서 벗어날 결단의 한 수가 필요하다. 그는 방어를 배제하고 철검을 마주 휘둘렀다. 전력을 다한 쾌월광. 너도 죽고 나도 죽자는 동귀어진의 수법이다.

파앙!

짧은 격돌음과 함께 야랑과 백리문이 각각 뒤로 물러났다. 동귀어진을 피하고자 백리문이 검의 방향을 돌려 철검을 쳐낸 것이다.

"내가 많이 잘못 생각했다. 너는 내 검을 상대할 자격이 없다. 나는 이런 저질스런 싸움을 하지 않지만, 오늘만큼은 내 유일한 적수였던 화연산을 위해 너를 단죄하고 말리라!"

백리문이 검을 앞으로 내밀었다. 검식의 기본인 태산압정의 자세. 바람이 불지 않음에도 옷깃이 뒤로 확 밀려 나간다.

야랑은 백리문의 이런 모습에 신음을 흘려냈다. 조금 전의 판단이 잘못됐다. 검신의 무력에 육박하는 자가 아니다. 검신보다 최소한 반수 정도 앞서는 무력을 소유하고 있다.

백리문이 태산압정의 자세를 유지한 채 삼 보 앞으로 다가온다. 검의 압력에 공간의 움직임이 제한받는다. 야랑이 전후좌우로 움직여 보지만 대적 거리 삼 보를 벗어날 수 없다. 백리문이 검을 내리친다. 직도황룡의 초식. 삼류무인도 사용하는 기본적인 검초이지만 이 순간 백리문의 직도황룡은 화연산의 어비탄 같은 위력으로 야랑을 몰아친다.

캉!

직도황룡에 맞선 야랑의 철검이 단박에 부러졌다.

백리문의 다음 검초는 선인지로의 초식. 이것 역시 가장 흔한 검초이지만 야랑은 제대로 방어를 하지 못하고 우측 어깨가 깊이 뚫렸다.

백리문이 이번엔 검을 허공에서 반 바퀴 돌려 베어냈다. '유성이 달을 따라 잡는다.' 유성간월(流星趕月)의 초식이다. 야랑이 급히 쾌월광으로 맞섰지만 어이없게도 유성간월이란 단순한 초식이 쾌월광보다 더 빠르게 야랑의 신체를 베어냈다.

"크윽!"

야랑은 피를 왈칵 토하며 물러났다. 패배가 확정되기는 아직 이르다. 그는 뒤로 밀리는 과정에서 부러진 철검을 손에서 놓고 능광검법을 일으켰다. 손가락에서 은빛이 검이 뻗어 나온다.

백리문이 그 모습을 보곤 태산압정의 기본자세로 되돌아갔다. 능광검법을 처음 접함에도 당황의 기색은 전혀 없다. 검심이 그만큼 깊다는 뜻이다.

야랑이 반격에 나섰다. 손가락에서 발출된 월광이 백리문의 전신을 가르고 베고 지나간다. 하지만 그가 아무리 월광을 드세게 사용해 봐도 백리문의 태산압정은 뚫리지 않는다. 검식은 태산처럼 굳건하고 검심은 심해처럼 깊다. 이건 야랑에게 불가항력의 벽과 같다. 검법의 가장 기본적인 초식이 실전에서 이렇게 무서운 위력을 떨치리라고는 이전엔 진정 생각 못했다.

"하아!"

백리문이 다시 공격에 나섰다. 베고 찌르고 가르는 단순한 초식들. 이번에도 특출한 검공은 선보이지 않았다. 하다못해 검기도 발휘하지 않았다. 하지만 기본에 충실한 백리문의 검초에 능광검법은 여지없이 꺾였고, 야랑은 그때마다 신체 곳곳에 검상을 입었다.

'아! 이것은!'

목숨이 경각에 이른 위험한 상태이지만 그는 이 순간 진심으로 감탄했다.

초식과 초식은 강물처럼 유장히 흐르고, 각각의 초식은 강약(强弱)과 쾌만(快漫)을 조절하여 자아를 가진 생물처럼 유기

적으로 이어진다. 식(式)은 형(形)이며, 법(法)은 용(用)이니, 검사가 검을 사용하는 것이 아닌 검이 검사를 움직인다.

그는 백리문의 이러한 검초 발현에 완전히 몰입됐다. 이제까지 그에게 검법을 바르게 가르쳐 준 스승은 없었다. 그는 늘 혼자 수련했고 한편으로 실전을 겪으며 스스로 검초를 터득했다.

그런데 지금 백리문이 그의 눈앞에서 검식이 어떤 것인지 검형은 무엇을 뜻하는지 검초는 어떻게 사용하는지 직접 보여주고 가르쳐 주고 있었다.

"아아!"

급기야 그의 입에서 탄성이 흘러 나왔다. 이젠 패배도 죽음도 그의 의식에서 떠났다. 이 순간 그는 상승검도의 세상에 첫발을 내민 아이의 심정과 같았고, 그것에 심취되어 능광검법을 사용함에 백리문의 초식을 재현해서 움직였다.

등불에는 심지가 없고, 밤하늘엔 달빛이 없다.
임은 강 건너에 있는데 나룻배엔 노가 없고,
임 향한 마음은 간절한데 나비가 없어 꽃을 전할 길이 없다.

심취된 의식의 끝에서 울려오는 음성. 등사심결이다.

이게 왜 지금 그의 뇌리를 울리는지 이유는 알지 못한다. 그런 부차적인 것엔 관심도 없다. 현재 그의 뇌리는 등사심결의 두 번째 불꽃으로 맹렬히 타오르고 있을 뿐이다.

"왜! 왜! 왜 너는 쓰러지지 않는 거지! 이젠 그만 대적을 포기하고 죽으란 말야!"

백리문의 노한 음성이 그를 현실로 일깨웠다.

그의 신체는 지금 완전히 피로 물들어 있다. 열두 곳의 검상을 입었고, 그중에는 늑골이 뚫린 치명적인 검상도 있다.

"끝을 봐주마! 혼까지 녹여 버리리라!"

백리문이 검을 두 손으로 잡고 내밀었다. 검봉에서 희뿌연 기운이 불쑥 올라왔다. 유형화된 검기. 검강의 발현이다.

"하앗!"

백리문이 그 상태에서 신검합일의 자세로 떠올라 야랑을 향해 날아갔다.

검강 발현의 신검합일!

백리문의 그 모습을 보며 그는 두 손가락을 붙여 선인지로의 자세를 취했다.

팟!

은빛의 검, 월광.

은빛의 검이 한순간 찬란한 금빛으로 변했다.

쿠아아아앙!

지축을 뒤흔드는 폭음이 있었다. 흙먼지가 파편처럼 튀겼고, 격돌의 후폭풍이 진원지 바깥 공간을 휘몰아쳤다.

격돌의 결과는 외견상으로도 충분히 확인된다.

야랑은 선인지로의 자세 그대로 서 있고, 백리문은 선혈을 울컥울컥 토하며 바닥에 쓰러져 있었다.

이 결과는 형산파 검사들에게 불신의 쓰라림을, 망월단 단원들에게 역전의 환희를 안겨다 주었다.

기실, 신검합일과 선인지로의 대결 이전까지만 해도 야랑은 단원들이 지켜보기 안쓰러울 정도로 백리문의 검초에 일방적으로 몰렸다. 그런데 이 한 번의 대결로 그만 이제까지의 대결 추세가 완전히 뒤집어져 버렸다.

"으으으."

이 결과를 가장 불신하는 이는 다름 아닌 백리문이었다. 백리문은 각혈을 쉴 새 없이 토해내면서도 억지로 혀를 놀려 말을 만들어냈다.

"그, 그건, 그건 대체… 뭐지?"

"능광의 검. 해의 빛, 초일광(超日光)."

"초일광?"

"그렇소. 내가 초일광을 이렇게 일찍 깨닫게 된 것은 전적으로 당신 덕분이오. 초일광은 바른 검식과 안정된 검형, 완성된 초식이 함께 어우러져야만 성취되는 능광검법의 두 번째 초식이오. 나는 당신과의 비무에서 그 삼법(三法)의 완전체를 보았고, 그게 무엇인지 비로소 깨닫게 되었소. 그런 점에서 당신은 나에게 상승검도의 신세계를 열어준 스승과도 같소."

야랑의 말은 진심이었다. 경어까지 사용할 정도로 그는 백리문이란 존재를 이전과 다르게 생각하고 있었다.

"깨달음이라니! 비, 비무 중에 어찌 그게 가능한가. 으흡!"

백리문이 불신의 음성을 중얼대다 말고 검붉은 액체를 와르르 토해냈다. 핏물 속에 내장의 부스러기 같은 것이 있다. 심각한 내상을 입었음이다.

야랑은 백리문의 그 모습을 보며 정중히 포권했다.

"당신이 어떻게 생각하든 나의 심정은 변함이 없으니 이렇게 뒤늦게 비무 인사를 드리오. 사실, 승부에 임하는 검사의 정신은 당신이 옳고 내가 틀렸소. 다만 싸움의 방식에 대해서는 당신도 생각을 조금은 달리해야 될 거요. 당신은 승리하기 위해 검을 들었지만 나는 살아남기 위해 검을 들었소. 당신이 추구했던 미검이 내 삶 속에서는 곧 전검(戰劍)이었던 거요. 훗날 당신이 나와 같은 인생을 살아볼 기회가 있다면 그땐 지금의 내 싸움 방식을 조금은 이해하게 될 거요. 하면 우린 가겠소. 앞날은 모르지만 기회가 된다면 나는 이다음에 다시 한 번 당신과 검을 섞어보고 싶소."

야랑은 긴말을 마치고 뒤돌아섰다. 단원들이 그의 주변으로 모여들었다. 형산파 검사들이 멈칫하며 길을 막았지만 더 이상의 저지는 없었다. 생의 기력을 짜내어 뱉어내는 백리문의 음성 때문이었다.

"형산파 검사들은 물러나라. 검사의 약속이다. 나를 부끄럽게 한다면 나는 이 자리에서 혀를 물어 형산파를 원망하는 망령이 될 것이다."

백리문의 말에 형산파 검사들이 길을 열었다.

야랑은 백리문을 마지막으로 한 번 더 돌아보곤 앞으로 걸어갔다. 단원들도 야랑의 걸음을 뒤따랐다.

형산파 검사들이 시야에서 아득히 멀어졌을 때다.

갑자기 야랑이 피를 울컥 토하며 바닥에 쓰러졌다.

안색은 백지장이고 동공은 풀렸다.

비무에서 심각한 내상을 입은 것은 야랑도 마찬가지이다. 그는 혹시나 형산파 검사들이 반발할까 싶어 억지로 견뎌왔던 것이다.

9장

전쟁의 서곡(序曲)

측성대 저격 열두 시진 오시, 황개 포구 사십 리 전.

담사연은 야산 냇가 앞에서 정신을 다시 차렸다. 부상을 돌보고자 단원들이 그를 이곳으로 옮겨온 것이다.

그가 깨어나자 단원들이 걱정스러운 눈으로 몸 상태를 물어왔다. 양소가 응급처치를 하긴 했지만 그건 외상의 일부를 치료한 것뿐이었다. 내상을 빨리 다스리지 않으면 무공은 물론이요, 생명까지 위험할 수 있었다.

"죄송한데 여기서 한 시진은 보내야 할 것 같습니다. 그렇게 해주겠습니까?"

내상을 다스릴 운기조식을 할 테니 경호를 해달라는 거다.

"해주고 말고가 어디에 있어? 우리가 확실히 지켜줄 테니까 어서 몸을 돌봐."

양소의 대답에 그는 바로 가부좌를 틀었다. 의원도 영약도 없는 지금의 처지로선 그가 믿을 것이라곤 등사심결밖에 없었다.

운기조식에 들어가기 직전이었다.

그가 있는 곳으로 유월이 날아왔다.

그는 유월의 모습을 잠시 쳐다보곤 필기구를 꺼내 전서를 적었다.

추수 님.

사정이 있어 용건만 간략히 적습니다.

미학검사 백리문의 삶에 대해 알아봐 주십시오.

되도록이면 전서를 보내는 오늘 날짜 이후의 무림 인생을 조사했으면 합니다.

유월이 전서를 매달고 하늘로 날아갔다.

그는 그 즉시 등사심결을 운용하며 운기조식에 임했다.

시간이 흐른다.

연공 한 시진. 유월이 되돌아오자 그는 운기조식을 멈췄다.

연공의 효과는 보았지만 외상과 내상이 워낙에 깊어 등사심결만으로 몸을 온전히 회복할 수는 없었다.

현재로썬 간신히 몸을 움직일 수 있는 수준인데 쫓기고 있는 처지에서 이 정도만 해도 천만다행이라 할 수 있었다.

그는 유월이 매달고 온 전서를 펼쳐봤다.

눈에 익은 글씨체를 보게 되자 육체의 고통이 한결 가시는 기분이다.

사연 님 보세요.

미학검사 백리문은 우리 시대에서 검선(劍仙) 백리문이라고 불리고 있어요.

무림이 공식으로 인정하는 천하제일검이죠.

검선의 무림 인생은 그야말로 파란만장해요.

청춘 시절엔 미검의 검사로 명성을 드날렸고 강호가 전란에 뒤덮인 중년 시절엔 싸우는 검, 전검(戰劍)의 용사로서 무림 정파의 구세주로 불렸죠.

특히 전검을 들었을 때 백리문은 예와 형식을 중시했던 이전의 삶과 많이 달라 전란 강호에서 큰 화제를 일으켰어요.

칠년전쟁 상반기의 전란 구도는 사파의 압도적인 우세였습니다. 정파는 그때 내분으로 연일 수뇌부가 바뀌었을 정도로 혼란스러웠는데 천하가 거의 사파의 손에 넘어갈 무렵 백리문이 '승검무용(勝劍無用) 생검유용(生劍有用).' 정파는 승리하는 검이 아닌 살아남는 검을 들어야 한다며 정파인들의 전의를 각성시켰죠.

후에 백리문은 송태원과 함께 정파의 쌍룡검주로 불리며 맹활약했고, 전쟁이 끝난 후에는 자신의 역할은 거기까지라며 미련 없이 송태원에게 맹주 자리를 양보하고 절강성으로 돌아가 검선의 길을 걸었죠.

오래전에 누군가가 검선에게 미검을 버리고 전검을 들게 된 연유를 물었죠.

그때 그는 이렇게 답했다고 합니다.

—삶은 역동적이다. 도전하는 삶은 아름답고 극복하는 삶은 위대하다. 미검을 추구했을 때 나는 반쪽짜리 인생에 지나지 않았다. 내 안의 작은 삶에 갇혀 있었고, 미검 또한 그 한계를 벗어나지 못했다. 내가 접해 보지 못했던 치열한 인생 속에서는 미검이 곧 전검이었다. 나는 그것에 대해 알아보고자 내게 패배를 안겨준 그 사람의 삶 속으로 뛰어들었고 그리하여 결국, 칼날에 피를 바르는 전검의 과정 속에서 나는 참된 미검이 무엇이었는지 검의를 깨우칠

수 있었다.

사연 님, 어때요?

백리문에 대해 이 정도로 설명하면 되었나요?

나중에 기회가 되면 검선의 무림 인생을 왜 알아보고자 했는지 연유를 알려주세요.

추신.

사정이 있다고 하셨는데 혹여 몸이 안 좋으신 것은 아니겠죠?

당신의 안전을 항상 기원하는 이추수가 올립니다.

"천하제일검이라……."

그는 전서를 보고 난 후에 씁쓸히 미소 지었다.

백리문을 마지막으로 보았을 때 좌절하는 패자의 모습이 아닌 재기의 열망을 태우는 무인의 의지를 느꼈다. 그래서 혹시나 싶어 알아본 것인데 백리문이 그의 생각보다 더 대단한 무림인의 모습으로 살아가고 있었다.

그의 표정이 씁쓸한 것은, 그와 겨루었던 백리문은 그렇게 훌륭한 미래를 살아가고 있건만 그는 미래의 삶에 확신이 없기 때문이었다. 날이 갈수록 인연은 쌓이는데 어디에서도 재회의 연이 이루어졌다는 소식은 없었다. 어쩌면 정말로 삶이 끝나 버렸는지도 모른다.

"야랑, 이대로 움직여도 정말 괜찮은 거야?"

전서를 읽어 보던 사이에 단원들이 모여들었다.

그는 전서를 가슴속에 넣고 일어섰다.

"걱정 마. 그 정도로 어찌될 야랑이었으면 신강에서 벌써 죽었어."

단원들을 안심시키고자 말은 그렇게 했지만 몸이 따라주지 않았다. 일어선 그는 비틀거렸고 그 모습을 본 양소가 거산에게 눈짓으로 지시했다.

곧 거산이 등을 내밀었다.

"빼기지 말고 어서 올라와. 야랑이니까 특별히 내 등을 빌려주는 거야."

단원들의 눈을 어찌 속이랴. 그는 피식 웃곤 거산의 등에 업혔다.

단원들이 행보를 시작할 때 그는 거산의 등에서 북쪽 하늘을 멀리 내다봤다.

황개포구까지는 대략 삼십 리 남았다.

거기까지 가는 동안 더는 상황이 발생하지 않기를 바랄 뿐이다.

측성대 저격 열두 시진 오시, 황하 강변.

황개 포구가 멀리 내다보이는 강변 앞에 동심맹의 추격 본진이 차려져 있었다. 자객 일당의 도주 경로를 추적해 보았을 때 황개 포구 인근이 최종 목적지라고 천기당이 판단한 것이다.

진서벽은 오시 말 무렵 그곳 추격 본진에 들어섰다. 천기당주를 직접 만나보기 위해서였다.

풍계림 작전을 진행함에 아군을 죽음으로 몰아넣었다는 백리문의 설명을 들었을 때 진서벽은 반신반의했다. 백 번 양보해 천기당주는 그렇게 할 수 있다고 해도 동심맹주가 그것을 승인했다는 것은 그의 입장에서 도무지 믿을 수가 없는 일이었다.

그가 알고 있는 매불립은 권력 의지가 다소 지나칠 정도로 강하긴 해도 그 이외의 무림 생활에서는 정파인로서 대의롭게 살아왔다. 약자는 삶은 일절 건드리지 않았으며 법도에 어긋나면 그것이 설령 자신에게 위해가 된다고 해도 진행하지 않았다. 그런 점이 있었기에 검가의 경쟁자임에도 불구하고 매불립이 동심맹주의 자리에 오를 때 진서벽은 진심으로 축하를 해줄 수 있었다.

진서벽의 심정은 조순과의 면담이 성사된 이 순간에도 변함이 없었다. 그 작전이 실제 진행되었다면 그건 조순이 단독으로 벌린 일이라고 여겼고, 그래서 사건이 확대되기 전에 죄과를 엄중히 가려 정파의 기강을 바로잡을 생각이었다.

진서벽의 생각이 어긋나기 시작한 것은, 면담 장소에서 뜻밖의 존재와 대면하면서였다. 조순과 같이 나온 이 사람. 동심맹주 매불립이 이곳에 있었다.

"진송이 어찌 여기에 왔는가? 군자성 대협을 암살한 자객을 직접 추격하겠노라고 내게 청하지 않았던가?"

진송은 진서벽의 호이다. 공적인 자리에서도 진송이라고 부를 정도로 매불립은 진서벽을 친숙하게 여긴다.

진서벽은 안건을 말하기에 앞서 조순을 힐끗 쳐다봤다.

그러자 조순이 무언가를 눈치 챈 듯 풍계림 전투에 대해서 먼저 입을 열었다.

"중천대를 풍계림에 투입시킨 것 때문에 찾아왔습니까? 그들을 동원한 것은 자객 일당이 전장을 떠돈 용병 출신이기에 일반 무림인들보다 더 대응을 잘하리라 판단했기 때문입니다. 긴박하게 진행된 작전이기에 진 장문인께는 사전에 알려주지 못했습니다."

조순의 말은 진서벽이 본진을 찾아온 안건 중에서 일부분에 지나지 않는다.

진서벽은 엄한 어조로 물었다.

"풍계림을 야간 공격함에 횃불을 들었다고 알고 있네. 그건 아군의 공격을 알려주는 이적행위가 아닌가?"

"정공법을 택했을 뿐입니다. 투입된 병력이 오백 명입니다. 불을 밝히지 않았으면 아군의 공격 대열에 극심한 혼란이 있었을 것입니다."

"일선 대원들의 대다수가 전투를 겪어보지 않은 초병들이었네. 그것은 또 어떻게 설명할 건가?"

"그렇습니까? 처음 듣는 이야기이군요. 나중에 따로 알아보고 조치하겠습니다."

진서벽은 대수롭지 않게 답하는 조순을 매섭게 노려봤다. 합리적 변론이 아니다. 의심은 이제 확신으로 변한다.

"자객 일당이 풍계림에 불을 질렀을 때 왜 퇴각을 지시하지 않았는가?"

"나는 풍계림 현장에 있지 않았으니 그건 내게 물어볼 사안이 아닌 것 같군요."

"닥치시게! 그때 바른 조치를 했다면 아군이 불길 속에 갇혀 대량으로 타죽는 결과는 생기지 않았을 거네! 자네와 천기당은 아군의 생죽음에 대해 책임을 져야 해. 나는 이번 일을 절대 묵과하지 않을 것이야!"

"흐음."

조순이 진서벽을 가만히 노려봤다.

"너무 앞서가는군요. 진 장문인이 과연 내게 이런 말을 할 자격이 있는지 한번 생각해 보시기를."

말에 이어 조순이 동심맹주에게 눈인사를 보내곤 자리를 비켰다. 이제부터는 동심맹주가 직접 상대하라는 뜻이다.

잠깐의 침묵이 흐른 다음 매불립이 입을 열었다.

"내게도 물어볼 말이 있는가?"

진서벽은 말을 돌리기보다 단도직입으로 핵심 사안을 물었다.

"맹주께선 풍계림 작전을 사전에 보고받았습니까?"

"측성대 사건에서 보듯, 무림맹 결성을 앞두고 천하가 몹시 혼란스럽네. 낮에는 무림 단체가 치열하게 대립하고 밤이 되면 자객들을 서로 보내어 암살을 일삼네. 나는 정파의 총수로서 이런 혼란 사태를 수수방관할 수가……."

진서벽은 에둘러 말하는 매불립의 말을 끊고 한 번 더 물었다.

"동심검대를 출정시켰습니까?"

"비상 상태에 임한 맹주의 권한이네. 문제가 있는가?"

"아!"

진서벽은 충격에 휩싸여 몸을 비틀댔다. 백리문의 추정이 옳았다. 풍계림 작전의 최종 지휘자는 동심맹주이다.

"어떻게! 어떻게 그런 일을! 그건 맹주의 권한이 아니라 권력의 남용입니다. 정파 원로회의를 당장 열겠습니다."

진서벽의 주장에 매불립은 고개를 저었다.

"괜한 수고를 하지 말게. 측성대 사건 이후 동천령이 발동되었네. 내 승인이 없고서는 원로회의가 열리지 못하네."

동천령.

전란 상태에서나 발동되는 동심맹의 특급 비상 경계령이다. 동천령이 공포되면 정파 무림 단체의 생사여탈권이 맹주에게 직속된다.

"동천령이라니 누구 마음대로! 우리 형산파는 거기에 동의한 적 없소이다!"

"……."

진서벽의 강력한 반발에 매불립이 잠시 침묵하더니 입꼬리를 살짝 올렸다.

사기가 느껴지는 매불립의 이 미소.

'오, 맙소사!'

진서벽은 그만 가슴이 철렁했다.

그가 알고 있던 매불립의 모습이 절대 아니다.

매불립이 말했다.

"내가 보기에 형산파는 지금 동의를 말할 처지가 아닌 것 같군. 자, 선택을 하시게. 반맹인가, 아니면 나를 따를 것인가?"

*　　*　　*

측성대 저격 열세 시진 미시, 황개 포구.

측성대 저격 만 하루가 지났다. 망월단은 현재 황개 포구까지 백 장의 거리를 남겨두고 있었다. 여러 사건이 겹쳐 하루가 일 년처럼 여겨질 정도로 길었던 시간인데 안타깝게도 마지막 순간까지 상황이 여의치 않았다.

강변 일대에 동심맹 무인들이 새까맣게 포진해 있었다. 특히 포구 선착장으로 직통하는 목교 주변에는 오백 명도 더 되는 무인들이 집중적으로 배치되어 있었다.

"어떡하지? 그냥은 못 지나갈 것 같은데?"

임건이 전방을 돌아보고는 야랑에게 물었다.

지금이라도 발길을 돌리면 위험한 전투를 하지 않아도 된다.

담사연은 거산의 등에서 내려왔다. 황개 포구로 간다는 생각은 변함이 없었다.

"놈들은 강변에 분산되어 있어. 기습적으로 돌격하면 선착장까지 뚫어낼 수 있을 거야."

전투를 하겠다는 뜻.

단원들은 두말없이 병기를 꺼내 들었다.

그가 말했다.

"이런 결정을 내릴 수밖에 없는 나를 이해해 줘. 포구 선착장까지만 당도하면 돼. 그 이후로는 위험 상황이 해제될 거야."

"별소리를! 우리도 이제 와서 시시하게 끝나는 것은 싫다고!"

백석이 화탄을 들고 맨 앞으로 나섰다. 자신이 선봉에 서겠다는 뜻이다.

"야랑은 후방에서 석궁 지원만 하도록 해라. 길은 우리가 뚫겠다."

그의 몸 상태를 염려한 양소의 말이었다.

담사연은 묵묵히 칠채궁을 꺼내 쇠뇌전을 장전했다. 검투를 치러낼 상태는 아니지만 후방 지원만을 하고 있을 자신은 없었다. 상황에 따라서는 그가 직접 앞으로 나서야 할 수도 있었다.

전투 준비가 되자 양소가 최종적인 명을 내렸다.

"망월단, 포구까지 멈춤은 없다. 낙오자는 버리고 갈 것이니 망월단의 미래를 보고 싶은 자는 이를 악물고 달려라. 끝으로……."

양소는 단원들을 쭉 돌아보며 말을 이었다.

"다시 만나 반가웠다. 다른 세상에 있더라도 난 너희를 잊지 않겠다."

분위기가 잠시 숙연해졌고 단원들은 침묵 속에서 눈길을

뜨겁게 교환했다.

"가자, 망월단!"

양소의 명에 단원들이 일제히 앞으로 뛰쳐 나갔다.

돌격의 함성은 목교 앞을 내달리는 그들의 모습이 동심맹 무인들의 눈에 포착되었을 때 동시에 터져 나왔다.

"야아아아아!"

무인들이 목교로 몰려들자 백석이 불붙은 화탄을 내던졌다. 폭발의 여파에 무인들이 집단으로 쓰러졌고, 이어서 장창을 휘두르는 양소를 선두로 단원들이 목교를 뚫고 나갔다.

목교의 길이는 이십 장, 절반 정도 뚫어냈을 때 무인들이 목교 앞뒤에서 밀물처럼 몰려왔다. 목교는 삽시간에 무인들로 넘쳐났고, 그때부터 뚫는 자와 막는 자의 치열한 난투가 벌어졌다.

전후좌우는 온통 싸워야 할 적들! 왕맹의 채찍이 휘돌고, 육산의 도끼가 번쩍인다. 임건이 쇄비수를 날리면 장진이 낭자곤을 내려치고, 백석이 화탄을 던지면 거산이 철퇴를 휘둘러 적진을 뚫어낸다.

'아아!'

담사연은 단원들의 그런 모습에 가슴이 쓸려나가는 심정이었다. 그를 지켜주기 위해 단원들은 목숨을 걸고 싸우고 있었다. 그는 그들이 이 전투에서 살아남기를 진심으로 원했다.

신강에서도 이토록 절박하게 생존의 심정은 가져보지 못했다.

살아남으라, 반드시! 그리하면 내 모든 것을 다해 이전과는 다른 인생을 살게 해주리라. 원한다면 무림 최강의 조직을 만들어 강호에 당당히 이름도 새기게 해주리라.

기원의 심정은 현실과 괴리가 있었다. 장소는 협소했고, 적들은 너무 많았다. 적들 중에는 일급의 고수도 허다해서 단원들은 순간순간 위험한 상황에 처하고 있었다.

이대로는 안 된다. 최소한 적들의 후방 지원 병력은 끊어놓아야 한다.

담사연 혼자만의 생각이 아니다. 단원들도 전부 같은 생각을 하고 있다.

백석이 문득 뒤돌아섰다. 녀석은 그를 쳐다보며 희미한 미소를 머금었다.

"야랑, 잊지 마라. 내가 너의 전우였다는 것을!"

불길한 느낌이 담사연의 뇌리에 파고들었다. 하지만 그가 무엇을 어찌 해보기도 전에 백석이 무인들로 밀집된 목교 후방으로 달려갔다. 그리고 잠시 후 강렬한 폭음과 함께 목교 중간이 와르르 무너졌다. 소지했던 화탄을 한꺼번에 폭발시킨 것이다.

"이런 바보 같은!"

백석의 자폭에 담사연은 그만 격분했다. 그는 감정이 달아올라 전방으로 나와 석궁을 마구 쏘아댔다.

하지만 그의 감정에 호응해 주는 단원은 아무도 없었다. 그들은 잠깐 동안 침묵한 것 이외에는 아무 일 없었다는 듯 다시 목교 돌파에 나섰다.

노관걸이 담사연의 옆에서 같이 싸우며 말했다.

"지금 모습은 야랑답지 않아. 어서 후방으로 돌아가."

담사연은 노관걸의 말이 제대로 들려오지 않았다. 그는 자기 입장에서 말했다.

"난 목숨을 걸고 싸우자고 했지, 자폭을 명하진 않았어!"

"정신 차려, 야랑! 백석의 선택이야. 너뿐 아닌 우리 중 누구도 녀석에게 자폭을 요구한 적이 없어."

노관걸의 말이 맞다. 감정에 취한 나머지 담사연은 냉정한 판단을 하지 못하고 있다.

"백석은 부대 복귀하기 전에 일급 폭파범으로 현상 수배를 받고 있었어."

현상 수배. 담사연으로선 처음 듣는 이야기다.

"강호 생활에 적응하지 못하고 왈패처럼 밤거리를 떠돌다가 홧김에 무림 관청을 날려 버렸던 거야."

재회 후에 밝은 모습을 보였던 백석이다. 녀석에게 그런 감춰진 사연이 있으리라고는 생각하지 못했다.

노관걸이 그를 돌아보곤 씩 웃었다.

"비밀 하나 가르쳐 줄까?"

"……?"

"내게 여우 같은 마누라하고 토끼 같은 아들이 있다고 단원들이 많이 부러워했던 것 기억나? 실은 그렇지가 않아. 귀환 후에 집에 가보니 웬 잡놈이 옷을 벗고 마누라와 같이 자고 있더군. 기가 막힌 것은 아들이란 놈이 지 아비는 몰라보고 그놈을 아버지라고 부르고 있었다는 거야."

담사연은 노관걸의 말에 눈살을 찌푸렸다. 그나마 정상적으로 살아간다고 여겼던 노관걸마저도 생활에 문제가 있었다.

"개 같은 세상이야. 내가 무엇 때문에 그 지옥에 갔는데… 살아남고자 온갖 지랄을 다했던 이유가 무엇인데… 나도 귀환 후의 삶에는 미련 없다. 이렇게 더 살아봐야 얼마나 잘살겠어. 그럴 바엔 차라리 백석처럼 전우들의 기억에 남는 죽음을 택하고 말겠어. 야아아아!"

말끝에 노관걸이 악 받친 소리를 지르며 앞으로 달려가 칼을 휘둘렀다.

담사연은 그 모습을 쓰린 심정으로 쳐다봤다. 단원들이 처절하게 싸우고 있지만 목교 상황은 갈수록 더 힘들어지고 있었다. 무인들로 너무 밀집되어 돌파가 안 되었고, 그래서 단원들 모두가 이 순간 생의 막다른 상황에 처해 있었다. 무언가를 해야 했다. 목적지를 눈앞에 두고 이대로 단원들을 죽게 내버려 둘 수가 없었다.

"아아아!"

그는 칠채궁을 등 뒤로 돌리고 전방으로 뛰쳐 나갔다. 손가락에서 금빛의 검이 줄기줄기 뻗어 나왔다. 그를 가로막는 무인들이 초일광에 모조리 쓸려 나갔다. 일급의 무인이든 이급의 무인이든 누구도 대적이 되지 않았다.

그를 선두로 선착장에 마침내 당도했다. 단원들의 등 뒤로는 동작이 정지된 무인들이 짚단처럼 쌓여 있었다.

그는 허리를 숙여 거친 숨을 몰아쉬었다. 이젠 정말 한계에 다다랐다. 초일광을 한 번 정도 더 발휘할 기력만 간신히 남아 있었다.

"여기서부터는 어떡하지?"

왕맹이 물었다. 녀석은 머리가 깨져 피를 질질 흘리고 있었다.

그는 선착장을 등지고 서서 말했다.

"한자리에 모여서 현 위치를 사수해!"

단원들이 그를 중심으로 모여들었다.

동심맹의 무인들은 현재 십 장 거리에서 대기 전열을 갖추고 있었다. 공격에는 선불리 나서지 못했다. 공간을 찢어놓던

금빛의 검. 조금 전 그가 발휘한 초일광은 무인들의 대적 의지를 일거에 꺾어 놓는 가공할 검공이었다.

무인들의 전열 앞에서 조순의 모습이 포착되자 담사연은 서서쏴 자세로 칠채궁을 조준했다.

저격이 아닌 위협에 목적을 둔 조준이었다.

조순은 그 의도를 알고 있는지 담사연의 모습을 주시만 하고 있을 뿐 별다른 조치를 하지 않았다.

"놈들이 왜 공격을 하지 않지?"

"야랑의 검공 때문인가?"

"아니."

담사연은 조준구로 조순의 모습을 살피며 낮게 말했다. 조준구로 보이는 조순의 얼굴에서는 엷은 미소가 드리워져 있었다. 망월단을 처리할 다른 방법이 있다는 뜻이었다.

조순의 의도는 곧 밝혀졌다.

동심맹의 전열이 갑자기 좌우로 갈라졌다.

그 속에서 장검을 손에 쥔 백의인이 천천히 걸어 나왔다.

"매불립!"

양소가 가장 먼저 그 백의인의 정체를 알아냈다.

망월단을 처리하고자 동심맹주가 직접 나선 것이다.

단원들은 절망의 한숨을 내쉬었다.

동심맹주가 직접 검을 들고 나온 이상 대적은 이제 불가능이다.

천하에서 동심맹주를 상대할 수 있는 무인은 사중천주밖에 없다.

담사연은 단원들의 그런 분위기에서 예외였다.

동심맹주의 다가섬에 단원들이 동요하자 그는 강한 어조로 소리쳤다.

"나를 믿고 현 위치를 사수해! 위험한 일은 벌어지지 않을 거야."

매불립도 그의 말을 들었다.

"능광의 검법을 믿고 그런 말을 하는 것이냐?"

능광의 검법. 그가 사용하는 검공에 대해 알아냈다는 뜻이다.

매불립이 천수검을 수평으로 들었다. 검날에서 뿌연 서기가 올라온다.

"사망탑에서 양정의 검법이 아닌 능광의 검법을 어찌하여 성취했는지는 모르겠지만 너는 현 상황을 분명히 알라. 능광이 되살아나서 도와준다고 한들 너희의 목숨을 보전할 길이 없다는 것을."

"흥! 과연 그럴까!"

슝! 슝! 슝!

담사연은 냉소와 함께 속뇌전 세 발을 쏘았다.

매불립이 천수검을 앞으로 돌려 가볍게 베어냈다. 속뇌전은 매불립에게 어떤 위해도 끼치지 못하고 허공에서 잘렸다.

"괜한 짓은 하지 말라. 암습이 아니라면 그런 무기로는 내 옷깃도 훼손하지 못한다."

매불립의 말이 맞다. 담사연 역시 그 점을 모르지 않는다. 그가 속뇌전을 날린 것은 저격이 아니고 일종의 신호이다.

"응?"

매불립이 다가서던 걸음을 문득 멈추었다.

망월단의 뒤편.

한 척의 어선이 강물을 가르고 선착장 부두에 정박하고 있었다.

잠시 후 어선에서 한 사람이 걸어 나와 선착장에 올라섰다.

따각, 따각.

목발 짚는 소리에 이어 장년인의 음성이 들려왔다.

"노부가 비록 능광은 아니지만 그 아이들의 목숨은 지켜줄 수가 있지."

"아!"

"련주님!"

단원들이 어선에서 내린 장년인을 보고는 눈을 번쩍 떴다. 거산 같은 경우엔 덩치에 어울리지 않게 눈물까지 글썽였다.

측성대 저격 작전에서 야랑이 준비한 반전의 한 수.

장년인은 신강 전장의 삼대총사였던 중무련주 호적선이었다.

호적선이 단원들의 앞으로 걸어왔다.

호적선은 야랑과 양소의 어깨를 가볍게 두들겨 주곤 단원들을 차례로 돌아봤다.

단원들의 표정에선 조금 전의 암울함이 사라져 있었다.

호적선은 그들에게 대부와도 같은 존재, 이 사람을 보는 것만으로도 그들은 절망의 심정을 지워 버릴 수 있었다.

"안 그래도 당신을 의심했지. 불구가 되어 무림을 떠났던 사람이 갑자기 측성대에 올라왔으니까."

매불립이 호적선의 모습을 쳐다보며 말했다. 긴장하는 모습은 없고 흥미로운 표정만 있었다.

"허나, 장강에서 고기만 잡던 당신의 능력으로 과연 무엇을 할 수 있을까? 자객 일당의 수괴로 사형대에 올라갈 신세가 될 뿐이지."

호적선이 매불립을 무섭게 노려봤다. 불구가 된 몸이지만 전장의 사자로 불렸던 그 기백은 생생히 살아 있었다.

"맹주란 인간이 권력에 눈이 멀어 사마 무리보다 못한 악종이 되었구나! 내 당신의 맹주 직위를 박탈하여 정파 무림의 기강을 바로잡으리라!"

"하! 당신이 무슨 자격으로? 아니, 설령 그런 자격이 있다고 한들 무슨 죄목으로 감히 나를 맹주 자리에서 쫓아내려고 해?"

호적선은 주저 없이 죄목을 바로 읊었다.

"첫째 정파의 수장으로서 자객 단체를 만들어 사사로이 운용한 죄! 둘째 궁마를 청부 척살해 사파 무림과 충돌을 조성한 죄! 셋째 군자성 대협을 청부 모의해 무림맹 결성을 방해한 죄! 이 세 가지 죄목만으로도 당신은 맹주 직위에서 당장 물러나야 해!"

호적선의 이번 말은 음성이 매우 컸다. 그 때문에 선착장에 포진해 있던 동심맹 무림인들이 웅성댔다. 매불립과 조순의 친위세력만 이 자리에 있는 게 아니었다. 군자성의 업적을 흠모하여 자객 추격에 자원한 정파 무인들도 상당했다. 지금 그들이 동요하고 있으니 매불립으로선 호적선의 입을 조속히 막아야 할 터다.

"증거도 없이 맹주를 모함하는가? 나는 당신의 망발을 더는 봐줄 수 없도다."

말과 함께 매불립이 다시 다가섰다. 천수검의 첫 표적은 담사연이었다. 증거를 우선적으로 인멸하고자 함이다.

"당연히 있지. 당신이 두려워할 증거가 될 인물!"

매불립이 담사연을 쳐다보며 코웃음 쳤다.

"흥! 제대로 서 있지도 못하거늘, 내가 왜 저따위 증거를 두려워한단 말인가!"

매불립의 말이 끝났을 때다.

"그렇구나, 이제 보니 네놈이 그간 나를 집에서 기르는 개처럼 우습게 여기고 있었구나!"

호되게 꾸짖는 이 음성. 호적선이 내뱉은 말이 아니다.

어선 안에서 들려온 또 다른 음성이다.

음성의 주인공이 어선에서 나와 선착장으로 올라왔다.

"으응?"

매불립이 깜짝 놀란 반응을 보였다.

얼굴에 주름살이 가득한 노인.

측성대에서 저격 암살되었던 무림일성 군자성이었다.

"어, 어떻게? 숨이 끊어진 것을 확인했거늘……."

불신의 음성을 중얼대는 매불립에게 군자성이 말했다.

"배은망덕한 놈! 네놈이 감히 나를 청부 사주해? 노부가 아니었다면 네놈이 그 자리에 올랐을 것 같으냐!"

군자성과 마주 서게 되자 매불립은 가늘게 떨었다. 무공이 노화순청의 경지에 이른 매불립이다. 군자성이 아니고서는 매불립을 이렇게 만들 인물은 강호에 없을 것이다.

"이게 대체!"

매불립이 담사연을 돌아봤다. 원인은 거기에 있다고 판단한 것이다.

담사연이 말했다.

"거래를 위반한 것은 당신들이 먼저야. 당신들은 두 번째 청부 이후 나를 제거할 계획이었어. 그래서 나도 당신들의 죄를 세상에 드러낼 작전을 세웠지. 능광검에는 사람의 심장을 하루 동안 정지시키는 수법이 있지. 난 그 수법으로 군자성 대협을 저격했던 거야."

그의 설명을 들은 매불립은 안색이 벌겋게 달아올랐다. 군자성이 되살아났다. 증거가 명백하니 이젠 상황을 되돌릴 수도 우길 수도 없다. 매불립은 잠시간 담사연을 노려보다가 검을 세워들었다.

"카핫! 하루살이 같은 놈들이 감히 본좌를 능욕해! 모두 죽여 버리고 새로 시작하리라!"

매불립의 음성과 표정에서 사기가 물씬 발산됐다.

정파의 무공을 수련한 무인은 이런 모습을 절대 보일 수 없다.

호적선이 아찔한 음성을 토했다.

"이제 보니 매불립이 마기에 물들었구나!"

분위기가 심상치 않자 양소와 단원들이 호적선의 앞을 막아섰다. 담사연도 매불립의 움직임을 주시하며 초일광을 암암리에 일으켰다. 한 번 정도는 초일광을 발출할 기력이 남아 있었다.

"경거망동 말고 모두 물러서라! 나로 인해 벌어진 일, 노부가 해결할 것이다."

군자성이 일갈하며 앞으로 나섰다.

단원들은 반신반의하는 얼굴로 군자성을 쳐다봤다.

군자성은 아흔에 가까운 나이이다. 게다가 군자성의 무림 명성은 인품으로 얻은 것이지, 무력으로 쟁취한 것이 아니다.

하지만 단원들의 그런 생각은 군자성의 이어진 모습에서 깨끗이 지워져 버렸다.

으득, 으드득.

뼈가 갈리는 소리와 함께 군자성의 구부러진 등이 활짝 펴졌다. 눈빛과 기세도 완연히 달라졌다. 군자성은 이제 마주 선 매불립이 약자로 느껴질 정도로 절대 고수의 풍모를 보였다.

"네놈이 감히 엿 먹여? 이제까지 내가 준 것 오늘로서 전부 되돌려 받겠다."

말과 함께 군자성이 오른손을 펼쳐들었다. 장심에서 흑색의 기운이 맴돌이친다 싶더니 검은 형체가 손바닥 밖으로 툭 튀어나왔다.

그것은 손!

사기를 뭉클대는 검은 손이었다.

흑수의 방향은 매불립이 아닌 호적선!

"으응?"

호적선이 뒤늦게 무언가를 눈치챘지만 이미 대처는 늦었다.

후우웅! 퍽!

검은 손이 호적선의 신체를 그대로 강타했다.

"……?"

갑작스러운 반전 사태에 단원들은 멍청하게 눈을 굴렸다. 이 작전을 세운 담사연도 마찬가지였다. 왜 이런 사태가 벌어졌는지 그들은 도무지 이해가 안 되고 있었다. 그들이 정신 차리게 된 것은 생애 마지막으로 뱉어낸 호적선의 음성 때문이었다.

"야랑! 양소! 조장들! 모두 도망가! 악인권이다! 악인권!"

그 음성을 끝으로 호적선은 단원들의 눈앞에서 재로 변해 허공에 흩날렸다.

불가공법 악인권.

대지를 가르는 권(拳)은 선인의 악한 심중(心中)에 있다.

선인만 익힐 수 있고, 성취하면 그때부터는 선인도 악인의 심성을 소유하게 된다는 이단(異端)의 무공.

그 악인권이 현세에 출현했다.

"망월단! 피해!"

양소가 가장 먼저 현 사태를 파악했다.

이에 단원들 모두가 사방으로 뛰쳐나갔다.

담사연은 이때 반사적으로 군자성의 앞을 막아섰다. 단원들의 도주에 시간을 벌어주기 위함이었다.

후우웅!

악인권이 눈앞으로 날아온다.

기혈이 진탕되고 눈이 어지럽다. 하지만 여기서 몸을 피하면 단원들이 희생된다.

그는 이를 악물고 초일광을 날렸다.

펏!

초일광이 악인권의 중심에 꽂혔다.

두 가지 기운은 격돌과 동시에 공간 안에서 자취를 감췄다.

군자성이 멈칫하고는 다시 악인권을 날렸다.

담사연은 허탈한 미소를 머금었다.

조금 전의 초일광은 생명의 기력을 모두 짜내어 날린 것이었다.

더는 상대할 무력이 남아 있지 않았다.

퍽!

악인권이 그의 가슴에 박혔다.

눈앞이 노랗고 전신에서 힘이 쭉 빠져나간다.

'여기까지인가?'

그는 바닥에 쓰러졌다.

끝이라고 생각하자 한편으로 마음이 편했다.

이제 눈을 감으면 이 고된 삶을 마칠 수 있을 것이다.

군자성의 음성이 들려온다.

"능광검에만 시한부의 생명을 안겨주는 수법이 있는 것은 아니다. 네놈은 하루를 더 살며 충분히 고통스러워해야 한다."

하루의 고통.

군자성의 말에 그는 감은 눈을 떠올렸다.

"아악!"

비명이 들려온다. 악인권에 가슴이 관통된 왕맹이다.

왕맹은 신체가 재로 흩날리는 가운데 그를 쳐다봤다.

"야랑, 망월단을 잊지 마라! 이다음에……."

왕맹의 음성은 중간에서 사라졌다. 음성뿐이 아닌 존재조차 남아 있지 않았다.

왕맹 다음으로 노관걸이 재로 변했다. 노관걸은 도망가다가 악인권을 등에 맞았다. 그래서 단원들과 눈인사도 못 해보고 그냥 재가 되어버렸다.

"크윽!"

이번엔 임건의 비명이다.

그는 떨리는 눈으로 임건을 바라봤다.

임건이 눈물을 글썽이는 눈으로 그를 쳐다보고 있었다.

"야랑, 망월단은 우리의 꿈이야. 꼭 세워줘!"

그 말을 끝으로 임건도 그의 눈앞에서 사라졌다.

그는 가슴이 들끓었고, 미쳐 버릴 것만 같았다.

단원들이 그의 눈앞에서 무참하게 죽어가고 있건만 그가 해줄 수 있는 게 아무것도 없었다.

"크윽!"

"으윽!"

이번에는 전방에서 동시에 비명이 들려왔다. 장진과 거산이었다. 그들에게 악인권을 날린 이는 군자성이 아니라 매불립이었다. 군자성이 매불립에게 악인권까지 전수해 준 모양이었다.

매불립은 장진과 거산의 머리칼을 양손에 감아쥐고 담사연의 눈앞으로 끌고 왔다.

그에게 보여주고자 일부러 즉사시키지 않은 것이다.

"으으으."

"으윽!"

장진과 거산이 고통의 음성을 토해냈다. 그러더니 담사연과 마주보는 자세에서 발부터 시작해 서서히 가루로 변해갔다.

"우욱!"

그는 그만 피를 왈칵 토해냈다. 내상 때문이 아니라 심적인 충격에 오장육부가 뒤틀려 버렸다.

학살 상황이 종료됐다.

살아남은 단원은 육산과 양소.

하지만 그들 또한 군자성에게 시한부 악인권에 맞은 상태였다.

아직 이용할 것이 남아 있기에 그나마 살려뒀다.

아마도 오늘의 사태를 그들에게 뒤집어씌우려 들 것이다.

담사연은 이글대는 눈으로 군자성을 노려봤다.

"왜! 왜!"

뇌가 터져 버릴 것처럼 의문이 많지만 지금 그가 할 수 있는 물음은 '왜' 라는 단어 하나뿐이었다.

군자성이 말했다.

"내가 동심맹을 조직했고, 중무련을 신강으로 보냈으며, 무림맹 결성을 주창했다. 사망탑을 세운 구인회주가 바로 나이며 화룡도를 최초 발견한 용문의 문주도 바로 본좌이다. 신무림을 만드는 모든 일이 바로 나의 계획에서 시작되었거늘 자객 한 놈에게 하마터면 아무런 결실도 없이 생을 마칠 뻔했다. 하니 내 어찌 너를 곱게 죽도록 내버려 두겠느냐."

군자성이 담사연을 보던 시선을 매불립에게 돌렸다. 악인권의 표적은 이제 매불립이었다.

"내 그림자 주제에 감히 나를 능멸해? 이놈, 뼈까지 씹어 먹어버리리라!"

『자객전서』 5권에 계속…

Return of the Mercenary
FANTASY FRONTIER SPIRIT
용병귀환
유왕 판타지 장편 소설